# 古典文獻研究輯刊

二 編

曾 永 義 主編

## 第 1 冊

### 〈二 編〉總 目

編 輯 部 編

## 澹然與悠然的藝術精神

謝 金 安 著

國家圖書館出版品預行編目資料

澹然與悠然的藝術精神／謝金安 著 — 初版 — 新北市：花木
蘭文化出版社，2011〔民 100〕
目 2+90 面；19×26 公分
（古典文學研究輯刊 二編：第 1 冊）
ISBN：978-986-254-488-4（精裝）
1.（周）李耳 2.（晉）陶淵明 3. 學術思想 4. 藝術哲學
820.8                                               100000951

ISBN-978-986-254-488-4

9 789862 544884

古典文學研究輯刊
二 編 第 一 冊                ISBN：978-986-254-488-4

## 澹然與悠然的藝術精神

作　　者　謝金安
主　　編　曾永義
總 編 輯　杜潔祥
出　　版　花木蘭文化出版社
發 行 所　花木蘭文化出版社
發 行 人　高小娟
聯 絡 地 址　新北市永和區中正路五九五號七樓之三
　　　　　　電話：02-2923-1455／傳真：02-2923-1452
網　　址　http://www.huamulan.tw 信箱 sut81518@ms59.hinet.net
印　　刷　普羅文化出版廣告事業
初　　版　2011 年 3 月
定　　價　二編 30 冊（精裝）新台幣 48,000 元

# 〈二編〉總目

編輯部 編

# 《古典文學研究輯刊》二編　書目

# 《古典文學研究輯刊》二編
# 各書作者簡介‧提要‧目次

## 第一冊　澹然與悠然的藝術精神

### 作者簡介

　　謝金安，1963 年生，福建省金門縣料羅村人。求學於金門柏村國小、金湖國中、金門高中；負笈台灣求學於中國文化大學哲學系（加入華岡羅浮群）、哲學所碩士班，東海大學中文系，國立中央大學哲學所博士班。曾任教於台北市文林國小、富安國小，服預官役於中壢陸軍士官學校，歷任斗六正心中學、環球商專（加入台灣生態研究中心環境佈道師）、環球技術學院教師。現職爲環球科技大學通識教育中心教師，雪霸國家公園資深解說志工，專長環境美學。

### 提　要

　　本文之撰述，旨在從老子與陶淵明的生命精神裡，去探索其藝術心靈深邃的一面，並會通西洋美學的慧見，來從事中國美學的研究開發。老子與陶淵明的藝術精神，不但有相契共鳴之處，其對中國審美與藝術的創作又有深遠的影響，所以探索其藝術精神將有助於吾人明白：在以自然爲尚的藝術創作中，究竟應該欣賞些什麼？如何去欣賞？從而使我們更能把握澹然與悠然的藝術創造之特性，增進美感的經驗，以豐富我們的人生。

　　第一章導論，說明本文探究之價值、研究之方法和論述之程序。

　　第二章老子「澹然」的生命與藝術精神，先理出老子「澹然獨與神明居」的生命精神，再詮釋老子「澹然」的藝術精神。

　　第三章陶淵明「悠然」的生命與藝術精神，先理出陶淵明「採菊東籬下，

悠然見南山」的生命精神，再詮釋陶淵明「悠然」的藝術精神。

第四章澹然與悠然的藝術精神之比較，比較老、陶所體會到的美，所激賞的價值，其隱含的藝術創作之特性，及其藝術欣賞與批評，並會通西洋美學的慧見，再作檢討與批評。

第五章結論，摘要的歸結老、陶澹然與悠然的藝術精神之特質，闡明其現代的意義，最後並作全文之回顧與未來之展望。

## 目 次

# 第二冊　玄學言意之辨及其與後代詩學理論之關係

## 作者簡介

　　黃金榔，臺灣省，嘉義縣人，1961 年生，先後獲國立成功大學文學學士，

國立政治大學文學碩士，國立高雄師範大學國文系博士，現任嘉南藥理大學通識教育中心副教授，教授中國哲學導論、應用文及習作等課程；主編中國哲學導論〈新文京一二版〉，論文著作有《西崑酬唱集研究》、《魏晉玄學言意之辨及其對後代詩學理論之影響》，發表單篇論文有〈從漢末人物品鑑至魏正始玄學之轉向──論劉邵人物志人才學思想〉、〈儒學玄學化王弼易學試探〉、〈莊子虛靜心及其在藝文創作之意義初探〉、〈試論孔子之天命思想〉、〈從兩漢到魏晉時期人性論之發展〉等多篇；未來研究方向主要為魏晉玄學思想，漢魏六朝道教神仙思想，唐、宋詩學理論。

## 提　要

　　「言意之辨」為魏晉玄學的表達方式，也是最重要的方法論，更是構築玄學體系的主幹，言意之辨又是玄學論辨的重要主題之一，分為言不盡意論、言象不盡意論、妙象盡意論、忘言忘象得意論、約言簡至、信口雌黃、言盡意論、寄言出意、言意兩忘、有意無意之間、不用舌論、妙象見形論、蓍龜為影跡論等，以言盡意論來辨名析理，是為名理學，以忘言忘象得意為方法來窮理盡性，示人探尋玄遠幽之門徑，建立玄學本體論的高度，是為玄學，在思想上，在人生上各方面都發揮的影響力，言意之辨除了最先成為清談場論辨議題外，表現上除有名理玄思的意義，也有佛學的意義，佛學的意義從格義之粗疏比附的理解而趨於義理的精純掌握；更有詩學的意義，詩學的意義則加速完成意象論、形神論、意境論的在中國詩學藝術特點上的形成與發展。

　　本論文結構有三部分，探討重心分別為，其一，遠溯初始文字語言創設及功能，近溯先秦兩漢之言意觀，考察道老、莊、儒家孔、孟、荀、〈易傳〉、並及墨、名、雜家等各家言意觀，其中以道家的言意觀「正言若反」「得意忘言」「三言」及〈易傳〉「書不盡言」「言不盡意」「立象以盡意」更富開創性，對玄學家深遠之影響，是玄學「言不盡意論」玄理論的直接源頭；兩漢則對經學家、楊雄、王充、王符等人重要思想家言意觀之考察，兩漢言意觀以「言盡意論」為主流，原因在於經學獨尊，經書文字，神聖不可侵犯，縱有獨立思考的思想家疑傳斥經，也未能撼動這股潮流。其二，為魏晉玄學言意之辨部分，依時代先後為序，探討言意之辨論爭的重要人物代表及主張，包括蔣濟、王弼、嵇康、王衍、歐陽建、郭象、張韓（翰）、庾敳、王導、殷浩、孫盛、庾闡等為主，並廣泛擴及其他各家；其中雖有「言象不盡意」、「妙象盡意」之爭，以及「言盡意論」對「言不盡意論」者的矯弊攻擊，但持「言盡意論」與「言象

不盡意論」與「妙象盡形」與「言不盡意論」等，並非絕然對立，其異僅在立論層面不同，實可調和互補。往下探及魏晉玄學「得意忘言」對東晉玄佛融通的作用，方便接引佛學進入中國。其三，爲言意之辨與詩學關係部分，經玄學深入辨析言意象之間的關係，詩學要妙之特點，言、象、意三要素底蘊被充分揭示出來，言、象傳達意的侷限充分被認知，詩論家吸收玄學意之辨成果，運用以探討詩學的重要課題，即如何超越語言的不足，如何克服象不盡意，努力克服言象的局限，進而追求言外之意、象外之意無限寬闊之空間；將深情遠意隱於語言形象之下，這就促成傳統詩學理論中意象、意境論、形神論等之流行；本文先考六朝、唐代詩論，次考及宋明清詩論，六朝考察重心以《典論‧論文》，文賦、《文心雕龍》、《詩品》重要詩論觀點，唐代考察重心以王昌齡、殷璠、皎然、劉禹錫與晚唐司空圖詩論爲主，宋明清考察重心則選嚴羽興趣說，王漁洋神韻說，王國維意境論爲主，探討魏晉以來各家詩論，受玄學言意之辨影響之情形，採宏觀考察角度，探索源流，期以整體掌握。

## 目　次

# 第三冊　六朝文學與思想的心靈境界之研究

## 作者簡介

張森富，1963 年生，台北市人。1986 年畢業於中興大學中國文學系；1999 年畢業於政治大學中國文學系博士班，獲博士學位。現為北台灣科學技術學院副教授。著有《莊子心性思想之研究》。

## 提　要

「思想」（尤其是玄學和佛學）及「文學」為六朝文化的兩大主幹。本文旨在從「心靈境界」的層面，探討兩者交互作用之情形，以見出兩者間之內在關聯。文分六章：

第一章「緒論」。首先，評述歷來探討六朝思想和文學之關係的學說，可歸納為三種看法：（1）玄學、佛學為六朝文學的主要內容。（2）「人的覺醒」導致「文的自覺」。（3）玄學、佛學的思維方式運用於文學創作上。

本文指出三說各有缺陷，尚不足以充分說明這個問題。其次，本文提出從「心靈境界」的層面，以探討此問題之可能，並引述王國維、唐君毅等之境界理論，進而指出思想和文學各自映現心靈境界之一面，彼此不斷滲透、融合，猶如空間之與時間，不可相離。

第二章「六朝思想家和文學家的交遊」。旨在從六朝思想家和文學家的交遊之歷史事實，印證前章所述之境界理論。尤其將焦點置於建安文人、正始名士、竹林名士、中朝名士、賈謐二十四友、江左名士文人僧侶、謝靈運、顏延之、竟陵八友、梁武帝父子等身上，指出六朝思想家和文學家交遊的情形非常普遍，甚至不乏同時兼有思想家和文學家兩種身份的例子。

第三章「本無型的心靈境界」。一方面，探討漢末、建安文學中所顯露的厭倦名教之情，對於正始名士、竹林名士的感染，以及在形成玄學「貴無」、「越名教」等觀念，乃至道安、慧遠之「本無」觀念上所生之作用。另一方面，則探討玄學「貴無」、「越名教」等觀念，在阮籍、嵇康等人心中之轉化，與對其詩文所生之影響；以及佛學「本無」觀念，在慧遠、鮑照、江淹等人心中之轉化，與對其詩文所生之影響。

第四章「崇有型的心靈境界」。一方面，探討向秀〈思舊賦〉中所顯露的悼惜「狷介」（嵇康、呂安等）之情，對於中朝名士的感染，以及在形成玄學「崇有」之觀念，乃至支遁之「即色」，鳩摩羅什、僧肇之「實相」等佛學觀

念上所生之作用。另一方面，則探討玄學「崇有」之觀念，在張華、潘岳、陸機、王羲之、沈約、謝朓等人心中之轉化，與對其詩文所生之影響；以及佛學「崇有」之觀念，在支遁、孫綽、蕭綱、徐陵等人心中之轉化，與對其詩文所生之影響。

　　第五章「有無相即型的心靈境界」。一方面，探討左思、張載、張協之隱逸詩，郭璞、庾闡之遊仙詩，所顯露的敬仰隱士、企嚮長生、思慕遊仙之情，對於葛洪、陶淵明等人的感染，以及在形成其「養性」、「乘化」等觀念，乃至竺道生之「佛性」觀念上所生之作用。另一方面，則探討葛洪、陶淵明之「養性」、「乘化」等觀念，在陶淵明心中之轉化，與對其詩文所生之影響；以及竺道生之「佛性」觀念，在謝靈運心中之轉化，與對其詩歌所生之影響。

　　第六章「結論」。總結前面五章之研究成果，指出六朝玄學、佛學及文學，在發展的過程中，彼此不斷交互滲透、融合，各自映現六朝心靈境界之一面，而不可分割。並指出本文三種類型之區分，乃就大體傾向而言，其間不排除仍有重疊之情形。雖有重疊之情形，然而，仍不應忽略其間之明顯脈絡。

## 目　次

# 第四冊　六朝文論中的自然觀

## 作者簡介

　　呂素端，彰化人，現居臺北市南港區；1990 年畢業於淡江大學，獲學士學位；1994 年畢業於中央大學，獲碩士學位；2002 年畢業於臺灣大學，獲博士學位；現爲靜宜大學中國文學系副教授；研究興趣爲小說、文學理論及批評，現致力於中西敘事理論、古典與現代小說之研究。

## 提　要

　　本文所探究的主要問題爲：（一）在六朝文論中，「自然」一詞指的是什麼？（二）這樣的文藝自然觀何以會產生在六朝？（三）它在文學研究中的意義？

　　在六朝文論中，「自然」一詞的基本意義是指事物的本性或本眞，有時亦含規律義，由此引而申之，「自然」亦指文學規律之內在秩序的「必然」，與指遵循文學本性而來的審美效果，上舉四義，皆六朝文論中，「自然」一詞的專用義，可見六朝文論家相當重視事物本性義的「自然」。表現在理論體系中，形上論部分，「道」爲形上根源，本身不能被分析與證實，「自然」爲「道」的性質，透過「自然」使「道」具有眞實的意涵；本體論部分，劉勰以「心生而言立，言立而文明」來規定文學的本性，爲文學創作是否自然建立了一個辨識標準；創作論部分，六朝文論家相當關注每個過程之創作本性的提出，包括感物活動、文學表現、文章風格塑造與文學通變等四部分的創作本性；批評論部分，主要以梁時劉勰與鍾嶸爲代表，劉勰的理論比較重視文學批評本性的提出，而鍾嶸則側重於遵循文學本性而來的審美效果的提出。

　　劉勰以人文存在規律來規定文學的本性，而其所主張的人文存在規律，以文學本身不得不然的觀點視之，自有其合理性，非人爲力量矯造而得，故具有客觀性。而這樣的文藝自然觀何以會產生在六朝呢？此與六朝強烈的客

觀精神有關，同時六朝思想界也非常強調事物本性義與宇宙規律義的「自然」。

　　強烈的客觀意識，雖然不是我國文論傳統的特色，但它卻標示出中國文論整個發展的可能方向與目標，而這個方向與目標，對現代的科學精神來說，無疑是一致的，因為科學精神就是講究客觀，故本論文的研究價值，在這個意義上，乃是以自然角度來再度闡發六朝文論中的客觀精神面貌。

# 目　次

# 第五冊 《文心雕龍‧時序》研究

## 作者簡介

呂立德，1963 年生，臺灣澎湖七美人，國立臺灣師範大學文學博士。作者於就讀高雄師範大學國文研究所碩士班期間，師事王更生教授，撰成「《文心雕龍‧時序篇》研究」；攻讀臺灣師範大學國文研究所博士班期間，師事張高評教授，撰成「林琴南古文理論研究」。曾任正修科技大學講師、副教授兼教學發展中心主任，現任正修科技大學副教授兼通識教育中心主任，主要研究領域爲古文學與古典文學理論。作者另主編《大學國文選》（2007，三民），並參與編著《實用中文》（2010，三民）。

## 提 要

一、研究目的

《文心雕龍》爲一部首尾圓合，條貫統序之文論鉅著。其文評論諸篇，崇替褒貶，揚摧古今，爲《文心》批評之總薈。尤以〈時序〉一篇，論述文學與時代背景之關係，精到深刻，具體完備，足爲後世治文學史者所取法。故矢志研究其義蘊，以宏揚彥和文論之幽光。

二、研究方法

首明〈時序〉命篇之旨意，以爲進入正文前之認識與定位。次深入原典，分析其蘊藉之精義，並歸納組合，進行創作。於原典之探究中，再聯繫《文心》他篇及史籍所論，互相生發，比類論證。如此則彥和之論，可得而明矣。

三、研究內容

本論文凡分六章，茲依序攝述其大要：首章曰「緒論」，敘述撰寫本文之動機、〈時序〉名篇之意旨，及彥和對前人理論承繼與創新之大較。次章曰「文變染乎世情」，論述帝王愛好、政治隆污、社會治亂、學術思想影響文變之梗概。三章曰「興廢繫乎時序」，言唐虞以迄劉宋，因時代嬗遞而造成各代文學興廢之眞象。四章曰「由本篇觀劉勰對時君之論評」，探討彥和對時君之評論，其方式又採單論、合論、缺而不論之例進行。五章曰「由本篇觀劉勰《文心》成書之時間」，分「成書於齊末」、「撰於齊、成於梁」、「撰於梁、成於梁」三說，並覈之本篇之文字，稽求考證，以論「成書於齊末」說之可信。六章曰「結論」，說明本篇於《文心》批評論中之地位，及其對後世文論之影響，文末更指明本文研究之成果。

四、研究結果

　　經由本文逐章之剖析探究，有關〈時序〉之義蘊，已多所抉發。而彥和對文學與時代相激相盪之論，及其衣被後世者，亦至深且鉅。至其所涉及成書時間，對後世學術界造成是非兩可之論戰，而迄今不休。

# 目　次

# 第六冊　明清扮裝文本之文化象徵與文藝美學

## 作者簡介

　　喻緒琪，1973 年生於臺北。高雄師範大學文學碩士，中山大學文學博士，歷任中山大學兼任講師、臺南護專兼任助理教授。著有《明末清初世情小說之研究》、《明清扮裝文本之文化象徵與文藝美學》、〈論《太平廣記》女仙故事中的內心意識及其精神意蘊〉、〈袁枚女弟子詩作中的自我呈現及真情〉等學術論著。

## 提　要

　　明清扮裝文本吸收「擬代文學」創作內涵，以「扮裝」題材跨越性別障礙，並由「扮裝」引起之越界效應，淡化兩性界線。此「扮裝」題材不僅滿足群眾閱讀期待，且使讀者經閱讀活動感受扮裝者之冒險歷程。作者藉「創作想像」滿足自我欲望，讀者則依自身生命歷程與生活經驗透過「閱讀想像」使身、心獲得解放。作者並善用衝突、錯認、巧合等敘事建構，以「扮裝」展演，呈現扮裝文本特有之美學藝術與審美精神。

　　隨明清扮裝文本之出現，封建體制產生微妙轉化，明清扮裝文本作者體現藝術根源於現實之本質，對現實人生投注關懷，並就性別、身分、空間、個體自覺等議題提出進步見解，結合大眾閱讀期待與自我藝術構思，以語言論述表達自我主張，對封建體制提出質疑，並表現深層之情感意蘊。

　　「扮裝」踩破封建體制之底限，不僅使性別、身分有具體之移轉，同時亦使個體自主精神發揮至極。扮裝者透過「扮裝」突破現實困境，個體與封建機器對抗之結果，產生無數文化衝擊。本書由扮裝者扮裝動機演變之軌跡推論社

會脈動與文本走向之關連，並察覺隱藏於性別地位、社會階級、自我認同、婚姻意識等背後之文化象徵意義。本書並以社會、文化、歷史視角做文本觀察，將扮裝文本回歸文學本位，以小說與戲曲之相關文學評論為基礎，以文藝美學角度審視明清扮裝文本，尋求明清扮裝文本共通之文學規律與美學價值。

# 目　次

# 第七冊 張說與開元文壇

## 作者簡介

徐靜莊，1991 年畢業於東海大學中國文學研究所碩士班，現任教於弘光

科技大學。

專長：唐宋文學、歷史。

興趣：文學、電影。

## 提　要

　　張說在唐代社會變革的背景下，以文學受擢，又因其在宮廷政變中所扮演的角色，忠君報國、謀猷智略、固守大節的性格及君臣間的敬信關係，終得秉大政，輔弼玄宗，與姚崇、宋璟等並為開元名相，而其政風重文，亦得玄宗器重，故其一生，寵顧不衰，政治地位甚顯。

　　開元文壇環境可論者有三。一為文教的推動，玄宗好經術。張說侍讀東宮時亦曾上請以文治世，故君臣合力推行，使開元之際呈現崇禮黜浮、尊儒重道、博采文士的風氣。二為士風的轉變，武后、中宗、睿宗時的齷齪文士或卒或敗，開元之際，多士盈廷，以清簡賢能為主。三為文學的發展與變革，詩律已見成熟，文章有駢散將合之兆，文學風格則邁向雅正復古之途。

　　開元以前，張說即曾與初唐文人代表楊炯、陳子昂、崔融、李嶠、蘇味道、宋之問、沈期佺等人交游或共事。又與「皆天下選」的文辭之士共編典籍，觀其表現，可與諸人並為一時文秀而有愈見挺出之勢。開元之世，以宰輔之位，提攜獎擢人才，當時文人如尹知章、趙彥昭、王翰、張九齡、孫逖、徐堅、趙多曦、賀知章、呂向、崔沔、裴崔、裴寬、韋述、王丘、張浩、康子元、敬會真、常敬忠、唐穎等，皆曾受其獎掖，亦多游其門下，儼然文人宗主。盛唐大詩人於開元之時多已成年，或曾干謁於張說，或曾受拔於張說獎擢之人，對盛唐詩風、古文運動的推展皆有影響。

　　刊正典籍、整理圖書為開元文教一大重點，集賢殿書院總司其事，張說早年因修「三教珠英」開始接觸編典工作，此后錄史料、修國史、編文集，以其豐富的修典經驗，主掌集賢院，此大任，而又薦賢入院、廣求書籍，發明典章，前后幾三十年，對開元文化工作的貢獻，可謂至矣。

　　張說承四傑、子昂、沈、宋之先路，對律體之成熟發展有褒贊之力，且完全脫離六朝消極、浮艷的風格。不論邊塞、山水、贈別、詠物、應制等內容，皆呈現積極入世的儒家精神，及以「仕宦意識」為中心文學特色。在宦游型山水詩方面，為有唐以來首位大量創作者，可謂啓盛唐山水詩之端。

　　張說的文學觀念以「質文兼重」、「廟堂之制，須有文華」為主，故所為文可見雄渾、典贍、清雅三種風格，而在唐代文風丕變中，前受子昂影響，延入

開元，以宏茂廣波瀾，文風為之一振，下接蕭穎士、李華，並受古文家柳宗元、皇甫湜、蘇轍的推崇；在唐文形式變革中，以散行句式寫駢文，增加雜言句以舒緩四六固滯的文氣，使駢文成為應用文的正格。

綜觀張說對文教推動、士風變革、典籍編修的貢獻，及對文學發展的影響，實可視為開元文壇領袖。

## 目　次

# 元次山詩文研究

## 作者簡介

　　李建崑，字敏求，台灣台南人。國立台灣師範大學文學博士，曾任國立中

興大學中文系助教、講師、副教授、教授，現任東海大學中文系教授。主要從事中國文學史、唐代文學之教學與研究。著有：《敏求論詩叢稿》、《韓孟詩論叢》（上、下冊）、《中晚唐苦吟詩人研究》、《孟郊詩集校注》（上、下冊）、《張籍詩集校注》、《賈島詩集校注》、《韓愈詩探析》等書。

## 提　要

　　拙作爲東海大學中文研究所六十八學年度（1979 年）碩士論文。全文以四部叢刊景印明湛若水校本唐《元次山集》及近人孫望《新校元次山集》爲底本，共分五章：第一章先述其家世，以明其家族背景；次述爲官前後之行實，以明其一生宦蹟；三引詩文所載，以明其性行；四考本集所錄，以明其思想觀點；末依史籍資料，纂述交遊人物。第二章分就載籍之著錄、《篋中集》版本考、《全集》版本篇目考，以考述其著作。第三章先究詩論，復觀詩風，並分類選錄詩三十八首，析而論之，以探其詩之風貌。第四章先論其文源於諸子，復作辨體，再論其文之體貌，亦分體選文十三篇，闡釋其爲文之用心。第五章總評次山文學之特色，校論其與唐代古文之關聯，以結全篇，或能彰顯次山文學之成就也。

## 目　次

# 第八、九、十冊　東坡詩文思想之研究

## 作者簡介

　　李慕如，廣東開平人，自幼隨父來台入學，由屏東女中初一至高三畢業後考取國立台師大國文系。畢業後返屏女高中授教，而後被聘爲屏東師專而至升等爲屏教大，連續執教全程達半世紀。而後退休，被選爲永達技術學院延聘當學退教授。一生服務教育，從無中斷。教學認眞，以嚴教深著，榮獲總統、行政院、教育廳部局等無數勛獎。著作等身深受師生敬佩，著述百餘冊、千萬字。與夫君羅將軍環遊世界七十餘國，合著旅遊叢書四十餘冊均出版問世，其中《萬里遊》、《身在畫屏中》等（自撰）被美國圖書館索取收藏。她在大專開課逾廿項，她畢生勤奮、積極有爲，對國家社會貢獻殊多，被譽爲教育界奇才。在學及任教均有傑出表現。德、智、體、群、藝均屆滿分受獎，高中畢業受頒十七次獎。學術科總成績第一名，作文、演講、體操、音樂、游泳、射擊、爬山、越野等比賽常列前矛。可稱文武兼修。

　　軍人家庭清貧刻苦，弟妹等八員全賴她家教、兼課、獎金等收入及薪俸支持，得以順利渡過而全無怨言。結婚後與夫君合作無間，相扶相成，寒暑假期及退休後，夫婦從事兩岸學術交流，每年三、四次之多，夫妻各有著作發表，深獲學者肯定、讚慕。如東坡軍事思想、媽祖和平海洋文化、鄭和航海精神、孫子兵法深入研究，新作在文壇大放光芒，見諸兩岸報章雜誌。

　　李教授勤讀不倦，從副教授後再攻碩士。教授再讀博士，論文九十萬字，九十二分畢業。膝下兒女媳婿均是碩博士，她勤儉不懈，有爲有守，既是賢妻良母又是學生褓母、婦女的典範，她應是一位下凡仙女！（羅海賢撰）

## 提　要

　　筆者投入唐宋八家探研，已十度寒暑。先由歐陽修「平易典要」之文入手，完成《歐陽修古文之研究》，繼軌由歐陽修、韓愈之文，而寫就《韓歐古文之比較研究》，次第搖筆行來，而以東坡文之探究殿後，蓋其文不惟「量」多，「質」亦超軼眾家。

　　本文之作，經邱師燮友悉心規劃、細心指引，遂奔走歐、美先進及海峽彼岸，努力鳩集文獻素材。積存浸積，數度易稿，遂搦翰和墨，愼重以作。

　　全文正論分爲六章，先析分東坡詩文中儒、道、佛思想，再梳理其文學、美學，乃至生活藝術思想。而全文以佛、道思想較陌生，故先行攻「堅」。如

第三章東坡詩文中之道家思想，費時甚長。而第六章詩文中之美學思想，時下雖甚流行，已涉及書、畫範疇。第二、五章言東坡詩文中之儒家、文學思想，雖熟在人口，然舉証匪易。至第七章生活藝術，則所涉尤廣，著筆不易，經梳爬其生平實踐，方理得其思想一、二。

東坡為繼歐陽修後，北宋詩壇領袖、文壇泰斗，其人品聲聞，世代相傳，為中國文化長河，繼往開來之關鍵人物。故其所為文，才一落筆成篇，即「四海傳誦」(《郡齋讀書志》)，士林翕然。

東坡之文，其量甚夥，數近八千篇 —— 本文據《蘇軾文集》，有文 4733 篇，《蘇軾詩集》詩篇 2829，《東坡樂府箋》有詞 344 首。

人有思想，則主導言行，麾掃紙筆。東坡博學多才，論其思想，則有哲學、政治、經濟、史學、倫理、教育等。本文但就詩文中相涉較多之儒家、道家、釋佛、文學、美學、生活藝術六項思想，加以申析：

本文之作，除前言、後結外，共分六章，即：

二章　東坡詩文中之儒家思想，分由理論實踐以言 —— 其承孔子仁政治國理念，有內仁外禮、誠、仁與氣之「獨善其身」；亦具政治、經濟、教育、軍事之「兼善濟世」。

三章　東坡詩文中之道家思想 —— 東坡思想以儒為主，然自貶謫黃州，政治失意，則思想多承道家為窮達物化、虛靜明、隱逸出世、安命隨緣等。

四章　東坡詩文中之釋佛思想 —— 東坡由好禪讀佛書、喜禪遊廟寺、參禪交方外，而由禪宗得養內之術，見諸詩文之釋佛思想，為早年習佛重理悟，宦海失意，則物我兩忘、形神俱泰。至晚歲悟禪理以處逆，悟道以入空寂禪境。

五章　東坡詩文中之文學思想 —— 以被貶黃州為界 —— 前半期創作為行道濟世之政論、史論；後半則眾體兼善。東坡承家學及才性，為文超邁眾家，故其文學思想甚夥 —— 寓道於文、辭達於意、自然成文、文尚新變、形神相依、風格多元。其思想實踐，輒見於其質量兼善之眾作中。

六章　東坡詩文中之美學思想 —— 東坡兼長詩文書畫，故其美學思想既源於時風、儒、道；亦來自書畫。自其思想、實踐以言，其美學思想在 —— 自然感興、寓意於物、成竹在胸、辭達口手、重至味、求神似。

七章　東坡詩文中之生活藝術思想

東坡一生俯仰，貶謫特多，故其生活層面甚廣。由其讀書著述、情誼美食、登臨、嗜好以言，其生活藝術思想在 —— 鎔鑄眾家而別出蹊徑，其應世處逆

之道，正在好同容異、熱情生活、曠達閑適等。

　　綜而言之，由以上之析論，由東坡詩文析出之儒、道、釋與文學、美學、乃至生活藝術思想，雖爲文士論，亦或有可觀者存焉。

## 目　次

# 第十一、十二冊　宋元海洋文學研究

## 作者簡介

陳清茂，東吳大學中文系文學士，國立臺灣師範大學國文研究所文學碩士，國立中山大學中文系文學博士。海軍軍官學校通識教育中心專任副教授。主要研究方向：古典海洋文學、詞學、詩學、馬王堆帛書。發表學術論文：軍事類論文六篇，文哲類論文十九篇。出版專書：《簡明應用文》、《古文精選詳釋》。

## 提　要

海峽兩岸擁有無際的海岸線及豐富的海洋資源。然而歷代的執政者，缺乏海洋意識，治國思維無法跨越海岸線，影響海洋活動發展契機。歷代海洋活動

的發展，歷經海洋觀念的萌發（春秋、戰國）、海洋活動的興起（秦漢、三國、六朝）、海洋活動的高峰（隋唐、宋、元）、海洋活動的盛極而衰（明、清）等四期。各期海洋活動的發展規模，影響到海洋文化、海洋文學的發展趨向。宋、元時期，官、民憑恃著昂揚的海洋意識，利用成熟的航海科技，開發龐大的海洋資源，使本期的海洋活動興盛，並發展出豐富的海洋文化，也帶動海洋文學的茁壯。本期的海洋文學作家，大多設籍或長期僑居於濱海地區，擁有豐富的海洋經驗，運用多樣的文學體製，以深刻的文字表現，書寫奇麗海洋，描摹海國風情，記錄海洋生活，歌詠海中生物，並形成濃厚的海洋意象。本期的海洋文學，無論是質與量，均頗有可觀。

本論文討論宋、元海洋文學時，遵循以下的架構及次第：中國海洋文化→海洋文學→宋元海洋文學。本論文先析論海洋文化的內涵、發展條件，並論及歷代海洋活動的發展歷程，為海洋文學的論述奠定基礎。由海洋文化聚焦於海洋文學時，探討海洋文學的定義、作品取捨標準、藝術特色、海洋文學的發展分期。建構海洋文化、海洋文學的整體概念後，進一步聚焦於宋、元海洋文學。筆者先就宋、元海洋文學的基礎資料作精密分析，並與各家作品的內容析評相連結。論文主體先分論宋、元兩代的重要作家作品，著重在呈現各家作品的表現特色，再將兩代的作品融合為一體，以宏觀的視野，析論本期海洋文學所呈現的自然海洋、人文海洋的整體風情，最後再就形式、內容兩方面，分析整體藝術特色及其侷限處。本論文提供以下的研究成果，供諸先進參酌：對中國海洋文化作較完整的論述、填補古代航海科技的發展內涵、建立古典海洋文學的發展全貌、提出海洋文學的鑑別取捨標準、闡明宋元海洋文學重要作品的旨意、彰明自然海洋及人文海洋的內涵。

## 目　次

# 第十三冊　謝茂秦之生平及其文學觀

## 作者簡介

龔顯宗，台灣嘉義朴子市人，政大中文所碩士，中國文化大學國家文學博士。曾任中小學教師，高雄師大、中興大學、靜宜大學、高雄大學等校教授，台南大學語文教育系主任、香港新亞研究所客座教授、考試院典試委員，現為中山大學專任教授。著有《明初越派文學批評研究》、《歷朝詩話析探》、《女性文學百家傳》、《現代文學研究論集》、《明清文學研究論集》、《台灣文學研究》、《台灣文學家列傳》、《台灣文學論集》、《台南縣文學史》、《魏晉南北朝童謠研析》、《從台灣到異域》、《文學雜俎》、《台灣竹枝詞三百首》等四十餘種。

## 提　要

詩尚盛唐之說，雖不自謝榛始，然其《四溟詩話》養真悟妙之言、反模擬之論，確有前人及當時論詩者所不及處，卓然超乎李攀龍、王世貞之上。

斯篇之撰，凡十章，首述謝茂秦之生平及其為人，細讀其《四溟山人全集》，勾勒其略歷，為撰文學年表。次則溯探其源，上起老、莊、王充、葛洪，六朝陸機、劉勰、蕭統，唐則杜甫、皎然、司空圖，宋則張戒、嚴羽，明則宋濂、高啓、高、李東陽、徐禎卿、李夢陽、何景明。第三至第六章分別闡述其

《四溟詩話》之詩理、詩法、詩賦體裁、詩論及實際批評；詩法多卓見，「勤改」、「錘鍊」之說尤可取；評詩公正嚴謹，「作詩勿自滿」一語於庸妄驕狂之擬古時期可謂灌頂醒醐，當頭棒喝！

七、八兩章苦心整理縷述謝氏交遊一百四十二人。第九章爲其詩說之影響，第一節述後七子派，次則公安，再則錢謙益、二馮，四、五節分述對清代格調說、徐增、吳雷華、施補華之沾漑啓發。末章結論，予謝榛詩論與創作高度評價。

本篇爲作者四十年前碩士論文，僅略加修正，期能保存當時風貌，讀者幸垂教焉。

# 目　次

# 第十四冊　從神話到小說：魏晉志怪小說與古代神話關係之研究

## 作者簡介

呂清泉。

## 提　要

　　本論文研究目的在探討魏晉志怪小說與古代神話的種種關係，以論證魏晉志怪小說繼承古代神話而加以演變的事實，並藉此對魏晉志怪小說與古代神話兩者都能獲得進一步的瞭解。

　　資料來源是以現存的一些魏晉志怪小說和古書中零散的神話材料為主，又以現代學者有關魏晉志怪小說和古代神話的研究文獻為輔。

　　至於研究方法是參用西方的神話學和文化人類學理論，從內容取材、形式結構、思想性質、社會功能四方面著眼，內容取材細分其目為自然神話故事、動植物神話故事、帝王名人神話故事、遠方異國神話故事；形式結構則論其篇幅、體製、結構、風格、技巧；思想性質則分擘其變化思想、鬼魂信仰、圖騰現象；社會功能則列舉滿足內心慾望、穩定力量、教育人價值等重點，寫述方式以魏晉志怪小說的神話故事部份、其他非神話部份和古代神話三者為比較對象，逐一尋覓其間繼承與演變的痕跡。行文上先提出魏晉志怪小說的概況，再順序說明古代神話流傳到魏晉志怪小說的神話故事部份乃至發展到其他部份的歷程。

　　經過各個重點的析論，最後的研究結果是得到每一方面的證據，確立了魏晉志怪小說與古代神話之間的實質關係，並且可以肯定地宣稱魏晉志怪小說是繼承古代神話加以演變而來的，從而見出文學源流的探討是必要而有價值的工作。

## 目　次

# 中國神話傳說中的兩性社會地位之演進研究

## 作者簡介

　　康靜宜，高雄市人，淡江大學中文系學士、碩士，高雄師範大學國文所博士，現任國立高雄大學及高雄市立空中大學兼任講師。著有《中國神話傳說中的兩性社會地位之演進研究》及〈論《肉蒲團》的兩性性心理描寫〉、〈專情與負情的拉鋸 論漢樂府詩中女性的愛情表現〉、〈孔子仕隱思想與士人仕隱行為析探 以諸葛亮、阮籍、陶淵明為例〉、〈元代以前的童謠語文形式析論〉等論文數十篇，近年致力於中國古代神話傳說、小說及童謠的研究。

## 提　要

　　本篇論文的研究主旨，在於探討兩性社會地位之演變情形。本文以中國典籍所載之神話故事及少數民族之口頭傳說為研究文本，由神話傳說所反映之婚姻型態的演進，勾畫兩性社會地位之演進軌跡，進而析論影響兩性社會地位變化的因素。

　　本文以母系社會演變至父系社會的過程，作為章節安排之順序；以中國神話傳說所反映之婚姻制度，以及析論圖騰神話之演變，作為二大論述主軸；第一章將論文研究做一前導式的說明，第二章至第四章由神話傳說所呈現之婚姻制度，探討兩性社會地位的演進情形，第五章至第六章藉由析論圖騰神話之演變，探索兩性社會地位之演變過程。

論文研究成果及結論：

一、兩性婚姻關係：由男女群居雜游的狀態，演變爲一群男子和一女子之群婚關係，初爲家族血緣群婚，後演變爲族外群婚；進而逐漸減少配偶數目，形成二夫二妻之對偶婚，再進而爲一夫一妻之專偶婚。

二、社會型態：由母系社會演變爲父系社會。感生類型神話及女神神話，反映出以女性崇拜及群婚制度爲特點之母系社會，而圖騰神話之男祖觀念的萌芽，以及棄子類型神話之張顯，說明了父系社會之形成與其特質。

三、兩性社會地位之演進形成消長之勢：由母系社會演變爲父系社會的過程中，男女兩性社會地位呈現一長一消之勢。以唯物觀點而言，生活物質生產與人類自身的生產是促進兩性社會地位演變的二大因素，而中國早熟的人倫禮教思想，亦是影響兩性社會地位的重要因素。

## 目　次

# 第十五冊　傳統小說中鏡與影之研究

## 作者簡介

　　林青蓉，台灣台南人。中台科技大學通識教育中心專任講師，逢甲大學中文研究所博士班進修中。碩士論文「傳統小說中鏡與影之研究」，蒙胡萬川先生指導，從故事主題溯源及變異的考察著手，歸納故事題材的流傳及衍異，可從中探索文學隱含的社會意義。文學作品時運文移，所以久潤人心，經常是當中蘊含了深厚的人性積澱，故近年研究方向仍以探究故事文本的敘事理論為主，並思考以西方讀者反應理論、接受理論的觀點，展開未來的研

究議題。

## 提 要

本文為一主題式研究，嘗試以民俗及文化人類學角度重新詮釋古小說的熟典與主題寓意。傳統小說中有關鏡與影之主題散見歷代筆記小說中，傳說形成的主要觸因，乃是社會及民俗文化習慣，而傳說的神異多奇，以及文學的象徵聯想，遂成為文人寄意諷托的題材。

研究材料以前人輯佚校注之筆記小說為主，參考同時代之文獻資料以為輔，並兼及近世中外有關之專門著作。研究方法與內容是將民俗與文化人類學中有關鏡與影的巫術心理及迷信禁忌作一概述，以為本文立論之依據，全面將歷代筆記小說中有關鏡與影之記載加以歸類，分屬第二章「傳統小說中的鏡子意象」，第三章「傳統小說中的影子意象」，以文化人類學的觀點分析傳說形成原因及流傳。就傳說故事表現之主題類型，傳說最早出現之記載，流傳情形，以及反映的時代特徵、作者意圖加以探討。

「叛亂者的鏡中影傳說」為一特具主題意義的「熟典」，故特立一章討論。第五章自我的其他象徵為與本文相關之論題，故於文末討論，以為餘論。

經本文討論，發現鏡與影之傳說，不只多奇炫麗，在志怪神魔小說中慣見，並能營造文學象徵之意境，故文人喜於擷取創作。而傳說觸發延展基因，主要是「映像、影子為人的靈魂」這一觀念，映像、影子作為人自我的投射，至今在民俗禁忌及社會習慣文化中仍然極為普遍。研究發現所謂文人典麗的正統文學，事實上來自底層民俗文化的積蘊，使得文學作品更為炫彩繁麗，文學與民俗之關系亦由此覘出。

## 目 次

# 「三言」人物心態研究

## 作者簡介

　　陳曉蓁，國立臺灣師範大學國文學系學士，中國文化大學中國文學研究所碩士。現為中國文化大學中國文學研究所博士班研究生、國中教師。

## 提　要

　　中國古典小說人物形象之刻劃，由唐傳奇至宋元話本，漸受重視，而對其等內在心理之刻劃，則在明擬話本中趨於豐富。對小說人物內心世界詳加描述，可使情節敷衍周全生動，角色形象更趨立體豐滿；而「三言」中，即有不少描寫人物心態之精彩篇章，本論文試就「三言」人物形象，做較全面的探索。

　　首章緒論，說明研究動機、方法與前人研究梗概，並簡介「三言」作者馮夢龍之生平大要，且兼敘三言版本。

　　第貳、參章為人物心態類型，先敘正面心態，分親情、愛情、恩情三項探討；次敘負面心態，分貪慾、怨忿、屈悔三端論述。

　　第肆章為人物心態呈現方式，有由行為表徵、由言語透露、由裝扮展現之外顯形式；以及由想法揭示、由夢境顯現之內蘊形態。

　　第伍章由寫作技法之向度，以觀察人物形象之刻劃，分就渲染、烘托、鋪墊、對比、順逆等藝術手法，論述刻劃人物心態之藝術美。

　　第陸章結論，就「三言」人物心態展現類型、人物心態刻劃之法、人物心態描摹效果，總結出馮夢龍「三言」人物心態描寫，實已內外、深廣兼俱，展現出無盡之藝術魅力。

## 目　次

# 第十六冊 《西遊記》敘事研究

## 作者簡介

呂素端，彰化人，現居臺北市南港區；1990 年畢業於淡江大學，獲學士學位；1994 年畢業於中央大學，獲碩士學位；2002 年畢業於臺灣大學，獲博士學位；現為靜宜大學中國文學系副教授；研究興趣為小說、文學理論及批評，現致力於中西敘事理論、古典與現代小說之研究。

## 提 要

儘管百回本《西遊記》的研究，為數已多，它是中國的敘事經典，卻缺乏敘事角度的專門考察，故本文從敘事的角度，藉由敘事理論之助，對學界給予較多關注的結構、人物與主題等議題，進行了更細密及深化的考察；同時亦藉以擴展新的研究面相，關注學界較少注意之敘事成分：敘事聚焦、時間及空間等要素。

敘事結構方面，《西遊記》可分為三大故事段落，每個段落皆有獨特的結構脈絡，本文藉由敘事角度及理論的思考，深化了各「局部結構」的理解及詮釋，並以語意統一性來進行「整體結構」的統整及貫通；敘事人物方面，深化討論了人物「複雜性」、「發展性」及「刻畫手法」的問題，關注人物之複雜性及發展性的程度高下及遲速的差異問題，闡釋了《西遊記》人物之「性格複雜軸線」及「性格發展軸線」，同時討論了《西遊記》所獨具或他書亦有的各種人物刻畫手法；敘事主題方面，是在結構與人物的討論基礎上，尋繹出《西遊記》的主題是：主人公為追求不朽的「心性修煉」、「成長發展」及「求道返聖」（如何歷經求道，與犯罪受懲再求返聖）過程，最後正果成真。

敘事聚焦方面，《西遊記》是「全知聚焦」（或稱全知視角），有時《西遊記》敘事者會故意選擇以不同的方式來限制自己的觀察範圍及能力時，便產生了具有文學性的各種聚焦手法，本文對《西遊記》各種限制與不限制全知權限的聚焦手法的運用及表現效果作出詮釋，同時附帶討論了「被聚焦者」各種被聚焦形式的可能運用。敘事時間方面，書面文學敘事可分為「故事」與「話語」兩層，依此本文討論了各種「故事時間」（偏內容性）及「敘事時間」（偏形式性）的運用；敘事空間方面，因《西遊記》為一奇幻敘事及其精神性的主題，故其空間敘事非常豐富多元，本文以「整體空間」、「個別空間」及空間刻畫手法，來詮釋各種空間刻畫方式，豐富多變的各種空間表現，包括內在與外在的

空間詮釋。

# 目 次

# 第十七冊　李伯元的小說與報刊研究

## 作者簡介

　　周明華，台灣台東人。中國文化大學中文所畢業，現任職於景文科技大學通識教育中心，主要教授「本國文學與經典選讀」，另外開設「文學與人生」、「自然步道」等通識課程。個人研究方向以晚清小說、晚清時期報刊為主。大學至研究所時期，陸續參與教育部《重編國語辭典修訂本》、《異體字典》及《成語典》十餘年編輯工作，故對辭典編輯亦小有心得，期待未來之研究以晚清小說、報刊及辭典編輯研究為主。《李伯元小說與報刊研究》乃以晚清小說家與報刊編輯者—李伯元做為論述對象，呈現晚清時期特殊的小說文藝與報刊互利共生之關係，由李伯元本人出發，探討其小說與報刊發行之關係。

## 提　要

　　從中國小說的發展來看，晚清小說不僅在數量上激增，也取得晚清文學正宗地位。在此同時，中國的報刊事業，亦於晚清時期蓬勃發展起來，不論是改良維新派或革命派人士均加以運用此一新興宣傳武器，作為其鼓動改良或革命思想的工具。由於晚清時人有意的利用小說與報刊，使得晚清小說與晚清報刊產生相互影響。因此，本論文以晚清小說家與報刊編輯家的代表人物之一——李伯元為論述重心，探討晚清報刊的小說文學與小說的報刊形式關係。

　　本論文分為本文及附錄兩大部分，第一部分為本文，共分七章：

　　第一章《緒論》，說明本論文研究動機、目的與「晚清」、「晚清小說」的

範圍與名義。

第二章《李伯元傳略及年譜》，則透過前人研究成果加以彙整統合，分別以傳略、年譜的方式，將李伯元的生平及其文學創作活動經歷呈現出來。

第三章《李伯元的小說研究》，首先說明晚清小說與晚清社會的關係，次則探討李伯元創作小說的動機及其小說在報刊的刊行情形與內容主題，最後從小說理論、翻譯小說的大量產生及李伯元的生活經歷三方面，評價其小說。

第四章《中國報刊的發展概述》，則透過文獻資料說明「報刊」的名義與中國各時期報刊的發展概況與特性，以明其差異。末則探討晚清報刊興盛的因素及發展盛況。

第五章《李伯元的報刊研究》，首先說明李伯元所創辦編輯的報刊，再經由報刊的讀者消費觀點探討，說明李伯元報刊受歡迎且暢銷的原因，並比較晚清四大小說報刊的特色與異同。

第六章《李伯元的小說及其報刊在晚清的地位》，則透過晚清報刊與小說的統計圖、表，說明李伯元小說及報刊在晚清的地位。從宏觀的角度，比較說明晚清四大小說家、四大譴責小說與四大小說報刊之間的影響，證明晚清最主要的四大小說家、四大譴責小說與四大報刊之間有直接關係。

第七章《結論》，則對本論文作一簡要回顧。

第二部分為附錄，分為四部分：

附錄一為《晚清四大小說報刊登載之小說目錄索引》，將晚清最重要的四大小說報刊中所登載之小說，依小說名稱筆劃順序排列，作為本文之統計分析數據的依據，並利於研究者尋找四大報刊中的小說，及小說刊行流布之情形。

附錄二為《晚清小說研究書目聞見錄（初稿）》，主要是將撰寫論文期間，由各相關篇章目錄中所鉤錄之有關於晚清小說的研究目錄匯集成編，以利於同領域學者利用，並呈現晚清小說的研究成果。

附錄三為《臺灣地區近十年來（1992～2001）的「晚清小說」研究概況概述》，主要是將筆者當時論文完成後之 10 年內出版之晚清小說專著、論文、期刊相關篇章對近並加以說明 10 年來之研究概況做一敘述說明。

附錄四為《臺灣地區近十年來（1992～2001）的「晚清小說」研究期刊論文與研究書目》，視為附錄二的「補編稿」與附錄三的補充。

## 目　次

# 第十八冊　元雜劇排場研究

## 作者簡介

　　游宗蓉，民國五十六年生。國立台灣大學中國文學研究所博士。現任國立東華大學華文文學系助理教授。主要研究領域爲古典戲曲與俗文學。著有《元明雜劇之比較研究——以題材爲核心之探討》一書，並與曾永義先生、林明德先生合著《台灣傳統戲曲之美》。

## 提　要

　　「排場」是戲曲結構的基本單位，亦是影響戲曲舞臺藝術表現的關鍵要素。過去學界對於戲曲排場的研究大多以南戲傳奇爲對象，事實上，排場亦是元雜劇研究中至爲緊要的問題。本文以元雜劇排場爲論題，以二百三十五本元代和元明間雜劇爲材料，就其排場詳加剖析。首先依據排場之界義，提出元雜劇排場的基本畫分標準及變化原則。以此分場結果爲基礎，從排場的轉移、排場的類型、排場的結構三方面進行討論。就排場的轉移而言，歸納出基本模式、時空轉換、人物更替三種模式，並論析其所表現的情節特點，以及與套式變化之間的相應關係。就排場的類型而言，區分爲引場、主場、過場、短場、收場五類，分析各類排場對全劇的作用，及其與腳色人物、套式、賓白、科汎、穿關等之間的互動關聯。就排場的結構而言，歸納出元雜劇單一排場的三段式結構基型，再進一步分爲單式結構與複式結構。最後就元雜劇全本排場的承轉配搭規律加以討論，說明各種結構型態對搬演效果的影響。本文之研究爲元雜劇排場理論的建立提供了具體可信的基礎，也爲元雜劇的評賞提供了新的角度，從而對元雜劇的藝術成就能有較爲周備完整的論斷。

## 目　次

# 第十九冊　金聖歎評改《西廂記》研究

## 作者簡介

陳淑滿，台灣省嘉義縣人，一九六六年生。

學歷：私立輔仁大學中文系學士，國立高雄師範大學國文研究所碩士，現職：輔英科技大學共同教育中心國文講師，任中國語文能力及文學與人生等課程。

專長：古典文學理論，現代詩教學、現代小說賞析。

著作：《耕讀－進入文學花園的 250 本書》（合著），《高雄文化研究論集 2》（合著），有關通識教育理論與實踐及教學論文諸篇。

## 提　要

一、研究目的

金聖歎乃明末清初之批評家，在評點文學上，堪稱巨擘。其揭櫫之文學理念、批評手法，往往爲後世所取法。尤其是批改《西廂記》，不僅爲之辯淫，駁斥多烘迂腐思想，並且譽之爲天地妙文，無形中提升戲曲文學之地位，頓使天下學者對《西廂》趨之若鶩，蔚成風氣。而今研究金批《西廂》，志在闡發聖歎之批評理念及手法，於毀譽不一之評論，求其客觀之評價。

二、研究方法

大抵以歸納之方式深入原典，熟讀批語，整理出其中之脈絡，從中再加以分析，聖歎之文學理念，抉發無遺。至於文學主張，則以金批《西廂》爲主，再參證聖歎其它著作，求得其精到完備之理論。

三、研究內容

本論文分爲六章，茲依序撮述其大要：首章「緒論」，敘述撰寫本文之動機、金聖歎之生平及其思想性情簡述，以及明代批評《西廂記》之概況。次

章「金批《西廂》之動機及其批評理念」，探究金批之抱負以及潛在的文學觀點。三章「金聖歎批評《西廂》之分析」，從人物性格、創作技法、結構發展、曲文賓白等方面作分析，並綜言其特色。四章「金聖歎刪改《西廂》之考證」，探討刪改之原則，並且核以古書及板本，考證偽續四章之說，最後又評判其刪改之優劣。五章「後人之評價及其對後世之影響」，探討金批《西廂》之價值，以及產生之深遠影響。六章「結論」，總結全文，且說明本文研究之心得。

四、研究結果

《西廂記》向來倍受非議，經聖歎用心批改，始得以妙文傳世，聖歎之功，誠不可沒。本文矢志闡揚聖歎批評之功力，由其高超之手法可看出獨具隻眼之審美眼光，以及敏捷活潑之思考，稱之為批書者中之翹楚，殆非過譽。

# 目　次

# 第二十冊　明代傳奇丑腳研究

## 作者簡介

　　林麗紅，台灣彰化縣人，中央大學中文所碩士、高雄師範大學國文所博士。目前擔任崑山科技大學通識教育中心副教授。專長為古典戲曲，著有：台灣高甲戲的發展。研究路向從田野調查為起點，以資料的整理與分析開啓學術研究之路，後為拓展學術領域，乃將觸角轉往史料探討，並以腳色行當為研究主題。

## 提　要

　　戲劇人物是戲劇文學中最基本的因素，情節、曲詞、賓白等都以人物為中心，符合人物形象塑造，才能稱得上是好的劇作。古典戲曲中，劇中的人物被類型化，因而形成行當，簡言之，腳色行當是創造舞台形象的基礎，也因此腳色行當如何被運用，如何呈現人物的特質，也就是劇本動不動人的一個課題。今日以丑腳為論述的對象的著作，包括專著、期刊論文、學位論文中，對明代傳奇中丑腳的演化，似乎是比較忽略的，雖說丑行建構腳色藝術，產生流派，要在清代之後，但之前的蘊釀期，卻是被忽略了，對明代傳奇丑腳做一整體探究，正合彌補這個空白。

　　從倡優的即興演出，參軍、蒼鶻的插科打諢，踏謠娘的醜扮、戲謔到了宋元南戲的副淨、副末，再到宋元南戲、明傳奇的丑角有了更為豐富的內涵，不管是長篇的唸白，舖敘的賦體，後世的丑腳都見沿用，清代舞台丑腳以蘇白為戲白，也早在明傳奇中即可見到。今日舞台淨丑功能涇渭分明，但在明傳奇中，淨丑的關係，始終無法清楚釐清，無論是其功能、妝扮都時見混淆，而淨丑扮飾性格化的人物在明傳奇均可見之，但其後丑腳不再飾演這個類型的人物，淨腳卻發揚光大，以飾演性格化人物為主流發展。明代傳奇對丑腳的創造，我們依然可以在舞台上見到跡，《明珠記》中機智的塞鴻、《浣紗》中卑鄙猥瑣的伯嚭、《鳴鳳記》中寡廉無恥的趙文華、《鮫綃記》中惺惺作態的賈主文、《繡襦記》中忠貞的來興、《義俠記》中五短身材的武大郎、《偷甲記》中妙手盜寶的時遷、《灌園記》中詼諧逗趣的臧兒、《還魂記》中搞笑

要寶的疙童等爲後代的舞台提供了豐富的表演素材。從明傳奇到今日的舞台，丑腳從來都不是劇中最重要的腳色，卻一直都是劇中最眞實、最有血有肉的一個。

# 目　次

# 第二一冊　呂天成《曲品》戲曲觀研究

## 作者簡介

王淑芬，河北省新河縣人。國立政治大學中國文學研究所碩士，世新大學中國文學研究所博士班肄業。現任亞太創意技術學院通識教育中心藝文組講師。主要從事傳統戲曲、史傳文學的教學和研究工作。近年來在《親民學報》、《世新中文研究集刊》、《國立台灣科技大學人文社會學報》及《兩岸韻文學學術研討會》等發表學術論文多篇。

## 提 要

我國傳統戲曲，在經過宋、元時期的初步發展，與明代中期有識者的改革創新，至萬曆年間蘊釀而成研究氣勢宏大的景象。此期的戲曲活動臻於極盛，各地聲腔劇種眾聲競奏，受到廣大觀眾的喜好；不僅民間百姓熱中觀劇、演劇活動，文人亦樂於撰著劇本、組織家樂、登場作戲。由於文人創作戲曲蔚為風氣，逐漸形成各家派別的紛歧，也激發了曲家從劇作本身和戲曲理論來探討、研析戲曲的本質問題；其精闢的見解或窒礙的觀點，都予以後輩不同的啟示與影響。

本文以呂天成《曲品》及其個人著作為研究的主要素材，並參考明、清曲論，及近代相關的戲曲理論著作；由這些論著當中，排比分析、歸納綜合，建立具客觀效力的詮釋系統，力求以審慎、客觀的態度來解讀文獻，並配合外緣資料的了解，進而明辨、歸納出呂天成撰著《曲品》的緣由、及其戲曲理論體系與承傳。

呂天成品評劇作的情節、結構和語言藝術，關注於劇作是否為「可演」、「可傳」的當行、本色之作，並處處從舞臺的實際演出性來考量。他評騭劇作結構時，特別強調重點突出以求主次分明；刪繁就簡以求脈絡清晰。就戲曲音律而言，呂天成評論重心在於劇作是否守韻、正調，並特別推崇沈璟對於製定戲曲音律的功勞。對於沈璟、湯顯祖這兩位大師的戲曲理論和傳奇創作上的成就和局限，呂天成作出了實事求是的評論，調合了嚴守於音韻格律的吳江派和向趣於詞采藻麗的臨川派，主張「守詞隱先生之矩矱，而運以清遠道人之才情」的「雙美說」。

《曲品》除了在劇目方面，對明代萬曆以前的劇作著錄有其貢獻，並為後來曲家採用外，由其對各劇作的評騭而反映出呂天成自身的戲曲觀，不僅可與明嘉靖、萬曆年間諸曲家的曲論相互輝映，亦予清代曲學大師李漁開啟之功。

# 目　次

# 第二二冊　韓愈贈序文研究

## 作者簡介

　　蒲彥光，東吳大學中國文學研究所碩士，佛光大學文學研究所博士，主要研究興趣在古典文學史與文體變革。求學與工作皆在台北，曾任教北台灣科技學院、台北海洋技術學院、明志科技大學及國立台北大學。

## 提　要

　　本論文大致分為四章，分別就文體史、創作觀、文本分析、典範化及影響等層面，逐一試加析論。

　　論文中，首先介紹贈序文體之定義及由來，評估其於文體分類上之意義，說明韓昌黎作品於此文類何以具備了代表性及規範性。

　　其次，闡釋贈序文體之創製、與唐宋古文運動之關係，指出昌黎贈序具有「以詩為文」之風格，並試加詮釋其文中「古道」如何具體呈現。本論文認為中唐古文運動能夠成功，韓、柳等人在文體創製上的努力應為一重要關鍵，他

們撰寫「銘狀雜文」的新鮮風格，不僅在當時發揮了極大的影響力，更造成宋明以後「古文」的面貌一新。

復次，從魏晉贈別詩加以分析，再介紹陳子昂、李白及至杜甫的詩歌復古運動，並考察初盛唐贈序之具體寫法，進一步闡明昌黎如何於前人書寫中承繼與創新。就昌黎今存三十四篇贈序文加以考察，發現其所作贈序而無贈詩之作品，已逾半數，可信贈序一體於昌黎之觀念中，已確然可以離詩集而別立。其贈序書寫內容不外：頌美、規誡、敘事、慰情與勉勵等。再者，就文本具體剖析昌黎贈序文寫作特色，論文中大致約為十二項，包括：文眼、先議後敘、對比照應、層遞、轉摺變化、複句、頓挫、排比、繞筆、句式參差、微辭譏諷，及富於形象等。

再次，考察昌黎贈序文於歷代之接受及研究情形，並另闢一節專門分析姚鼐《古文辭類纂》之贈序分類觀念。韓愈贈序文極受歷來文家重視，中唐時便有許多人向他求序，宋代歐陽修、王安石、蘇軾等人之贈序文，亦於昌黎作品多所取法。明、清古文家則不但對昌黎贈序之修辭句法加以分析，又考證其文中所述人事，多方探究昌黎為文之機軸。姚鼐《古文辭類纂》將贈序自序跋類下抽出，別立為一類，並舉昌黎作品為此文類典範，更可徵昌黎創製贈序文體製之成功。

贈序此文類所以值得重視，不祇在於它是序文寫作中一個極端的發展，從介紹註釋的陪角取代了「本文」的地位；也由於此文類將序跋以「論說文義」為內容的敘述焦點，轉移到了具體的人事上面。而贈序文「論說事理」的結果，則使得此等文體具備了強烈的個人言志色彩；贈序文之內容，便傾向於陳述作者面對人事遷異的看法。於是贈序文成功與否，往往乃取決於作者才性識見之高下。

# 目　次

# 第二三冊　趙秉文散文研究

## 作者簡介

　　陳蕾安，1976 年生，台北人，2003 年文化大學中文研究所碩士畢業，2004年政治大學教育學程班結業，取得中等學校國文科教師資格，曾任教於國、高中及高職。目前於北台灣科學技術學院擔任講師，教授「國文」、「中文閱讀與寫作實務」等課程，並繼續攻讀博士學位中。主要研究金代文學及古典散文等

相關議題，著有《趙秉文散文研究》。

## 提　要

　　趙秉文，是金元時期著名的文學大家，更是元好問亦師亦友的重要研究夥伴，其繼承唐宋古文的文學主張，更影響整個金代文學風氣，確實是金源一代文壇中居承先啓後的一位關鍵者。趙氏散文存於今者，即有一百四十九篇，內容與社會時政、道德教化息息相關。綜觀其一生宗師儒學，才高志大，除其自身不斷學習與嘗試創作實踐外，更不吝於提攜後進，故終能成爲一代文壇祭酒，甚爲時人所敬仰。

　　本書是以《滏水文集》中之散文爲研究主體，再佐以其詩歌、其他著作及相關史料等，並就其政治環境、文學思想兩大方面著手，針對趙氏之生平加以探討。其次，將趙氏散文內容分爲四類：「議論類散文」，專言其政論與史評；「思想類散文」則就其文章所表現出的思想理念逐一論述，細分爲「佛學思想」與「理學思想」兩項；第三類則針對「敘述類散文」分爲「記人」與「記事、記遊」兩類；第四類爲「應用類散文」，分爲：「箴銘」、「頌贊」、「奏議」、「詔令」四種。四類散文分別分析其結構、歸納其常用之手法技巧釐清其藝術特色，包括內在的「內涵風格」及外在的「修辭技巧」等。在文學理論方面，本書則針對趙氏數篇與文學評論相關的文章，進行一連串的分析，歸納出五個特點，並與金代數位文學批評大家相互比較異同。

## 目　次

# 第二四冊　中國風水故事學研究

## 作者簡介

唐蕙韻，1972 年生，福建金門人。台北中國文化大學中國文學博士（2004年 6 月），本書爲作者博士學位論文。2006 年起任教於金門大學（原金門技術學院）閩南文化研究所。已出版著作有《金門民間傳說》（1996 年）、《金門民間文學集——傳說故事卷》（2006 年）、《金門縣寺廟裝飾故事調查研究》（與王怡超合著，2009 年）。即將出版有《金門民間契書調查研究》、《金門縣金門城非物質文化調查》。

## 提　要

本文以風水故事爲研究題材，分析風水故事反映的文化內容，同時藉中國風水故事的分類實驗，探索現行的各種民間文學分類方法與研究理論，對中國民間故事資料整理與研究的適用方向與啓示。

風水文化是中國社會最普遍而且歷史久遠的流行文化之一。多數與風水有關的學術研究，大都著重於風水術或風水哲學的探討，本文則從文學與社會的角度，分析風水故事的內容及其流傳現象，從風水故事反映的價值觀念與思想意識，說明其文學特色與社會意義。全文共分六章，各章內容提要如下：

第壹章緒論，概述風水觀念在中國文化與社會中形成的某些現象與影響，以及本文的研究動機和目的，希望從古今流傳的風水故事中，理解中國社會中最通俗的風水文化與風水觀念。次及說明風水名稱的由來、概念及故事的定義，以確立取材方向。

第貳章中國風水故事的記錄，就第壹章所界定的風水故事定義及選材原則，說明本文收錄的風水故事資料來源，包括歷代筆記、史傳方志，以及近現代搜集整理的民間文學記錄等古今文獻。

第參章風水故事的內容，根據收集所得的風水故事資料，以兩項原則分類並同時進行內容分析：一是以故事爲單位，就故事內容主題最多相同相近者集爲一類，以見風水故事所集中的主旨和內容題材之大概，本文以此輯得八大類風水故事主題項目。一是以情節爲單位，分析出每一則故事所包含的情節單元，並先後以兩種情節單元分類方式進行歸納和分類。先是以通行於國際，然無風水文化背景的湯普森情節單元分類系統分類，後續以風水信仰中所意識的風水情節單元主題分類，從兩種分類結果中，可以對照出不同文

化背景下，風水故事可能被普遍接納或理解的一般情節，以及可能僅限於風
水信仰的社會中流行的特殊情節。某些在風水文化背景下難以察覺的事件本
質和情節特色，可以在異文化角度的分析對照中顯現出來。

　　第肆章中國風水故事的敘事形態，指出風水故事在中國傳統敘事環境中呈
現的傳說化的敘事特徵，以及某些風水故事在流傳變化中形成和正在發展的類
型化現象。就這些敘事現象及其發展，根據前人成就及相關文獻，討論民間文
學分類理論及和研究方法中，可以借鑑以整理和分析中國風水故事的方法，進
而歸納風水故事的故事類型及情節模式。

　　第伍章綜合前二章的分析結果，概論中國風水故事反映的文化內容，主要
著重於風水故事主題中呈現的風水觀念，及風水故事的情節特色中反映的思考
模式與社會形態，終論風水故事與風水文化的關係。

　　第陸章結論各章所述，認爲本文主要成果在於對中國風水故事情節單元
與故事類型的整理，在研究層面的開發上，例如風水故事的流傳區域與區域
特色等，則有待增補各區域全面搜集整理的民間文學材料，以在後續研究中
加強。

## 目　次

# 第二五、二六冊　中國風水故事資料類編

## 作者簡介

　　唐蕙韻，1972 年生，福建金門人。台北中國文化大學中國文學博士（2004 年 6 月），本書為作者博士學位論文。2006 年起任教於金門大學（原金門技術學院）閩南文化研究所。已出版著作有《金門民間傳說》（1996 年）、《金門民間文學集——傳說故事卷》（2006 年）、《金門縣寺廟裝飾故事調查研究》（與王怡超合著，2009 年）。即將出版有《金門民間契書調查研究》、《金門縣金門城非物質文化調查》。

## 提　要

　　本文以風水故事為研究題材，分析風水故事反映的文化內容，同時藉中國風水故事的分類實驗，探索現行的各種民間文學分類方法與研究理論，對中國

民間故事資料整理與研究的適用方向與啓示。

風水文化是中國社會最普遍而且歷史久遠的流行文化之一。多數與風水有關的學術研究，大都著重於風水術或風水哲學的探討，本文則從文學與社會的角度，分析風水故事的內容及其流傳現象，從風水故事反映的價值觀念與思想意識，說明其文學特色與社會意義。全文共分六章，各章內容提要如下：

第壹章緒論，概述風水觀念在中國文化與社會中形成的某些現象與影響，以及本文的研究動機和目的，希望從古今流傳的風水故事中，理解中國社會中最通俗的風水文化與風水觀念。次及說明風水名稱的由來、概念及故事的定義，以確立取材方向。

第貳章中國風水故事的記錄，就第壹章所界定的風水故事定義及選材原則，說明本文收錄的風水故事資料來源，包括歷代筆記、史傳方志，以及近現代搜集整理的民間文學記錄等古今文獻。

第參章風水故事的內容，根據收集所得的風水故事資料，以兩項原則分類並同時進行內容分析：一是以故事爲單位，就故事內容主題最多相同相近者集爲一類，以見風水故事所集中的主旨和內容題材之大概，本文以此輯得八大類風水故事主題項目。一是以情節爲單位，分析出每一則故事所包含的情節單元，並先後以兩種情節單元分類方式進行歸納和分類。先是以通行於國際，然無風水文化背景的湯普森情節單元分類系統分類，後續以風水信仰中所意識的風水情節單元主題分類，從兩種分類結果中，可以對照出不同文化背景下，風水故事可能被普遍接納或理解的一般情節，以及可能僅限於風水信仰的社會中流行的特殊情節。某些在風水文化背景下難以察覺的事件本質和情節特色，可以在異文化角度的分析對照中顯現出來。

第肆章中國風水故事的敘事形態，指出風水故事在中國傳統敘事環境中呈現的傳說化的敘事特徵，以及某些風水故事在流傳變化中形成和正在發展的類型化現象。就這些敘事現象及其發展，根據前人成就及相關文獻，討論民間文學分類理論及和研究方法中，可以借鑑以整理和分析中國風水故事的方法，進而歸納風水故事的故事類型及情節模式。

第伍章綜合前二章的分析結果，概論中國風水故事反映的文化內容，主要著重於風水故事主題中呈現的風水觀念，及風水故事的情節特色中反映的思考模式與社會形態，終論風水故事與風水文化的關係。

　　第陸章結論各章所述，認為本文主要成果在於對中國風水故事情節單元與故事類型的整理，在研究層面的開發上，例如風水故事的流傳區域與區域特色等，則有待增補各區域全面搜集整理的民間文學材料，以在後續研究中加強。

## 目　次

# 第二七冊　伍子胥故事研究：以元明清戲曲小說爲中心

## 作者簡介

童宏民，台灣台中人，國立政治大學中國文學研究所碩士班畢業。現職爲國立勤益科技大學通識教育學院專任講師。96 年度參與執行「教育部獎勵教學卓越計畫」，開發中文教材，與江亞玉、張福政、趙明媛、劉淑爾共同編著《大學文選──語文的詮釋與應用》一書。

## 提　要

伍子胥一生事跡充滿傳奇色彩，極爲引人入勝，故早已廣布流傳，不僅見載於《左傳》、《國語》、《史記》、《越絕書》、《吳越春秋》等史傳，先秦諸子以及漢代思想家亦多徵引其事，以爲議論之資；至唐代的〈伍子胥變文〉，則綜合了史傳及民間種種相關傳說，代表了「唐以前關於伍子胥故事的總匯」；唐代以後，則宋、元以下，直至清代的講史、戲曲、小說，都有伍子胥故事的記錄或演出。

伍子胥故事、伍子胥形象，在史籍中早已定型，自《左傳》、《國語》、《史記》、《越絕書》、《吳越春秋》以下，並無太大改變。反之，在屬於民間的、通俗的戲曲、小說之中則顯得多采多姿，變化萬端，值得深入探討。因此，本書對伍子胥故事的研究，即以元明清戲曲、小說爲中心。

全文約十二萬字左右。章節細分如下：

第一章「緒論」：講述研究動機與目的，回顧前人關於伍子胥故事的研究成績，設定研究範圍，並說明研究方法以及章節架構。

第二章「戲曲資料中之伍子胥故事」：探討戲文，雜劇、傳奇等戲曲資料中與伍子胥有關的故事。

第三章「小說資料中之伍子胥故事」：探討《列國志傳》、《新列國志》與《東周列國志》、《十八國臨潼鬥寶鼓詞》、《吳越春秋鼓詞》、《禪魚寺大鼓書》等小說記載中與伍子胥有關的故事。

第四章「伍子胥故事在戲曲小說中的互相借述」：探討中國戲曲、小說演出或記載故事時，互相借述題材的情形；再進一步聚焦於伍子胥故事在戲曲、小說中的互相借述，故事情節並因而不斷孳乳、展延，甚至轉化的情形。

第五章「伍子胥在戲曲小說中的形象」：借用前輩學者研究所得，以解說與分析伍子胥在戲曲、小說中的形象。

第六章「結論」：植基於前面各章節之研究所得，展示伍子胥故事的全貌；最後，提出伍子胥故事目前尚未明白其細節的部分，以俟諸來日。

附錄「皮黃及地方戲曲中之伍子胥故事」：探討皮黃及地方戲曲資料中與伍子胥有關的故事。

# 目 次

# 第二八冊　王魁故事研究

## 作者簡介

　　吳儀鳳，國立中央大學中文系、法文學系雙學士學位，國立中央大學中文研究所碩士，輔仁大學中國文學系博士。現任教於國立東華大學中國語文學系。《王魁故事研究》是由中央大學中文系李國俊教授指導之碩士論文，1995

年6月畢業。

## 提　要

　　本論文以「王魁負桂英」故事為研究對象，對其進行歷時性與共時性兩方面的探討。內容包括：一、王魁故事的本事及早期面貌，二、王魁故事成型後的發展與演變，三、近代王魁故事的改編與流傳系統，四、王魁故事作品的藝術成就，五、王魁故事傳播的媒介形式等。

## 目　次

# 第二九冊　笑話的書寫與閱讀──馮夢龍《笑府》、《古今笑》探論

## 作者簡介

　　蕭佳慧，11 月 1 日生，國立中正大學中國文學研究所畢業。現任嘉義市立民生國中國文教師。喜歡文學、旅行與烹飪。喜歡文學般的生活及生活裡的

文學；喜歡旅行中的新發現，也不斷發現新的旅行；喜歡烹飪帶來的成就，也成就了烹飪對我的意義。曾發表：〈從花間到南唐 論南唐詞的風格與特色〉、〈論《周禮・秋官》司刑、司刺二職中的刑罰與刑罰原則〉、〈酸橘子——與人生談一場優質戀愛〉等文。

## 提　要

　　《笑府》、《古今笑》二書刊行於具有特殊背景條件的晚明時代，又編纂於具有個別優勢條件的馮夢龍之手；二書在「書寫」表現上，有其獨具的體例類別及內容風貌，加上喜劇結構及語辭技巧的運用，使其在眾多笑話書中更顯出色；而在「閱讀」層面上，除晚明市民大眾外，馮夢龍的評點文字透露出其兼具多重身份的多元閱讀與審美思考。是以「笑話的書寫與閱讀——馮夢龍《笑府》、《古今笑》探論」一文，從笑話「引人發笑」的真正目的出發，有別過去時以「詼諧寓言」角度來定義具有笑話實質內涵的文字，並藉由「書寫」與「閱讀」兩個面向，佐以敘事學、接受美學、喜劇心理學、評點學及市場消費學等不同的理論運用來重新審視馮夢龍《笑府》、《古今笑》二書。總此，盼能對相關議題之研究略盡一己綿薄之力。

## 目　次

# 第三十冊　《莊子》寓言故事研究

## 作者簡介

　　羅賢淑，中國文化大學中國文學研究所博士。現任中國文化大學中國文學系副教授。著有《金庸武俠小說研究》、〈砌成此恨無重數——論秦觀詞的愁情建構〉、〈論唐五代宮怨詞的創作因由與藝術風貌〉、〈論韋莊於豪放詞派之地位〉……等學術論文。

## 提　要

　　《莊子》一書既以思想精深著稱於世，歷來學者對該書之研究，自然偏重在思想層面。然由於筆者翻閱《莊子》時，每每深受書中寓言故事所吸引，故本論文便以「《莊子》寓言故事研究」爲題，嘗試多方探求其文學性之表現；

論述範圍包括：題材來源、情節單元、修辭藝術、寫作技巧與故事流傳。至於寓言故事蘊涵之思想，也立有專章進行探討。通過本論文可具體見到《莊子》寓言故事，不但擁有出色情節與豐贍文采，更飽富絕佳哲思，它跨越千古橫流，爲代代世人提供了心靈的最佳憩處。

# 目　次

# 中國古代童話研究

## 作者簡介

　　朱莉美，一九六六年生，一九九三年起任教於德霖技術學院迄今。碩士論文《中國古代童話研究》，博士論文《錢謙益詩歌研究》，對於民間文學及古典詩歌，具有濃厚之興趣。

## 提　要

　　畢業至今，已逾十載，幾經沉澱，再度檢視本論文，將論文之架構及內容做了大幅度之調整，期能使本論文有更完整之呈現。

　　「童話」在民國初年逐漸受到重視以後，至今已經過七十多年的演化，但對於中國古代童話的概念，仍無較完整而具說服力之著作，因此本論文將藉由現代童話的概念來討論中國古代童話的意義及特徵，且由檢索出之古代童話觀察其所展現之特質，並與其它相關文獻作進一步之比較。

　　論文凡分六章：

　　第一章緒論　研究動機、目的、方法、範圍和材料。

　　第二章童話的概念　藉由童話的定義、名稱、特徵和分類等議題，將童話的概念加以釐清，有了基本童話概念之後，再以中國古代童話的基本特徵來檢索已選定之書籍中的「古籍存在童話」及「民間口傳童話」。

　　第三章中國童話之流變　由童話的起源和發展，了解西洋和中國童話的關係及童話的發展現狀。

　　第四、五章中國古代童話和神話、傳說、寓言、民間故事、動物故事、筆記小說的關係　由於以上各文類之關係密切，因此我們應著重於故事本身所呈現的性質傾向，廣泛閱讀各類型的故事之後，再將故事加以分析、判斷其應有

之屬性，有些性質是單一的，有些則可能同時兼具數種文類的性質，而這些童話有著密切關係的文類，就必須了解它們的意義和特色、它們與童話表現手法的異同，以及相互轉化和兼容的關係。

第六章結論是「結果與建議」，在這裡將本論文之研究成果，作一重點式之回顧，並提出筆者對於未來童話研究之展望與建議。

附錄：四至十二歲兒童閱讀中西童話之研究，將以田野調查的方式，彌補由學術資料單一研究方向的不足，藉以印證——「四至十二歲兒童」對於中國童話的閱讀率低於西洋童話的原始想法，並由「年齡、性別、故事類別」三方面來討論調查研究的結果。

## 目　次

# 澹然與悠然的藝術精神

謝金安　著

## 作者簡介

謝金安，1963 年生，福建省金門縣料羅村人。求學於金門柏村國小、金湖國中、金門高中；負笈台灣求學於中國文化大學哲學系（加入華岡羅浮群）、哲學所碩士班，東海大學中文系，國立中央大學哲學所博士班。曾任教於台北市文林國小、富安國小，服預官役於中壢陸軍士官學校，歷任斗六正心中學、環球商專（加入台灣生態研究中心環境佈道師）、環球技術學院教師。現職為環球科技大學通識教育中心教師，雪霸國家公園資深解說志工，專長環境美學。

## 提　　要

　　本文之撰述，旨在從老子與陶淵明的生命精神裡，去探索其藝術心靈深邃的一面，並會通西洋美學的慧見，來從事中國美學的研究開發。老子與陶淵明的藝術精神，不但有相契共鳴之處，其對中國審美與藝術的創作又有深遠的影響，所以探索其藝術精神將有助於吾人明白：在以自然為尚的藝術創作中，究竟應該欣賞些什麼？如何去欣賞？從而使我們更能把握澹然與悠然的藝術創造之特性，增進美感的經驗，以豐富我們的人生。

　　第一章導論，說明本文探究之價值、研究之方法和論述之程序。

　　第二章老子「澹然」的生命與藝術精神，先理出老子「澹然獨與神明居」的生命精神，再詮釋老子「澹然」的藝術精神。

　　第三章陶淵明「悠然」的生命與藝術精神，先理出陶淵明「採菊東籬下，悠然見南山」的生命精神，再詮釋陶淵明「悠然」的藝術精神。

　　第四章澹然與悠然的藝術精神之比較，比較老、陶所體會到的美，所激賞的價值，其隱含的藝術創作之特性，及其藝術欣賞與批評，並會通西洋美學的慧見，再作檢討與批評。

　　第五章結論，摘要的歸結老、陶澹然與悠然的藝術精神之特質，闡明其現代的意義，最後並作全文之回顧與未來之展望。

# 目

# 次

# 第一章 導 論

　　本文之撰述，旨在探索詮釋老子澹然與陶淵明悠然的藝術精神。故探索相應於老子與陶淵明思想特性的生命精神，並以此爲基礎，將其生命精神的內涵義蘊，作「藝術」向度的詮釋開發，是本文研究之宗趣。茲爲豁顯本文研究之宗趣，試從三方面以明之，即一、本文探究之價值。二、本文研究之方法。三、本文論述之程序。

## 第一節　本文探究之價值

　　在康德（Immanuel Kant 1724～1804）的三大批判：《純粹理性批判》（Kritik der reinen Vernunft）、《實踐理性批判》（Kritik der praktischen Vernunft）和《判斷力批判》（Kritik der Urteilskraft）三大巨著中，康德不僅具體地區分出三類哲學（此後爲康德學派發展成邏輯學、倫理學、美學三類）並且同時也區分出人類興趣與活動的三大領域（即知、情、意或科學、藝術、道德三方面）。

　　而克羅齊（Bendetto Croce 1866～1952）更提出：「要想了解人類的活動，唯有把它們當作實現理想——美、眞、善——的努力」的主張。〔註1〕

　　當代哲學、美學大師達達基茲（Wtadystaw Tatarkiewicz, 1886～1980）在其經典巨構《六大美學理念史》（A History of Six Ideas）的導論中，亦曾明確的指出：「長久以來，美被西方文化視爲三種最高級的價值之一」、「這三類最高級的價值，無論是在過去或現在，都被區分爲善、美和眞」、而「不容置疑地，美學暨其主要的概念（按：美、創造性、美學、藝術和形式），就人類心

---

〔註 1〕參見劉文潭，《藝術品味》，台北：商務印書館，1978 年，頁 145。

靈所擁有的資產而言，不僅最為普遍而且也最為持久」。〔註2〕

劉文潭教授亦指出：「我們之所以認為美學的知識，能夠幫助我們去把握被藝術家體現在他們的作品中的價值，本不是沒有原因的，如就價值學（Axiology）的觀點來看，舉凡人生的活動，可說無一不與價值相關〔註3〕，但是在諸多價值活動之中，由於藝術的活動直接關係於價值，所以二者間的關係也最為密切。」因為「藝術家創作他的作品，他不是在於紀錄或描寫純粹客觀的事實，而是在於表現那些他認為值得表現的事物。這也即是說，藝術品乃是藝術家所作之價值的肯定，或為藝術家所懷之理想的投影。」〔註4〕

基於以上的洞見，我們知道，美學被人們認為是哲學所含的三個類之中的一個類，而許多個世紀以來，藝術也一向被人們認為是人類創造與活動所含的三個類之中的一個類，其研究價值正如瑞德（Louis Arnaud Reid）所言：「偉大的藝術意即對於偉大的價值之激賞」〔註5〕，它可以使我們明白，在藝術中究竟應該欣賞些什麼？（意即甚麼是藝術家所激賞的價值？）應該如何去欣賞？（意即如何把握得到藝術品所體現的價值？）以致於使我們能確實把握藝術之創造的特性，從而產生如同其情的了解，增進美感的經驗，領會人生的價值。

所以，今天我們研究老子澹然與陶淵明悠然的藝術精神，便是本著這種動機，嘗試在中國哲學、文藝的生命精神裡，去探索藝術心靈深邃的一面，並在比較研究中，參酌西洋美學作中西會通，以期豐富吾人的心靈，本文的研究工作，便是在這樣的一個標的之下的一個開始。

## 第二節　本文研究之方法

達達基茲在其美學史第一卷之序論中，所指出的美學及美學史發展與循從之路線，劉文潭教授以為：「極為詳盡正確，足供國內有志於美學及美學史開發工作者的參考與借鏡」〔註6〕，因此特撰文引介。其中，達達基茲明白地

〔註2〕　參見劉文潭譯，《西洋六大美學理念史》，台北：丹青出版社，1987 年，頁 1～2、1、4。

〔註3〕　此項見解可以參證唐君毅，《哲學概論》，第四部之第八章，台北：學生書局，1982 年，頁 1182～1183。

〔註4〕　參見劉文潭，《現代美學》，〈序論〉，台北：商務印書館，1967 年，頁 2～3。

〔註5〕　參見劉文潭，《現代美學》，頁 2。

〔註6〕　詳見劉文潭，《藝術品味》，〈美學和美學史中所包含的十二種二元性──兼介

指出，美學的發展，乃是沿著多線進行的，他一共列舉出十二種二元性，前八種是美學發展的方向，後四種是美學史遵循的目標。從事前者的研究有八種二元性：(1)美的研究與藝術的研究（The Study of Beauty and the Study of Art）；(2)客觀性的與主觀性的美學（Objective and Subjective Aesthetics）；(3)心理學的與社會學的美學（Psychological and Sociological Aesthetics）；(4)記敘性的與規範性的美學（Descriptive and Prescriptive Aesthetics）；(5)純正之審美的學說與審美的政治學（Proper Aesthetic Theory and Aesthetic Politics）；(6)審美的事實與審美的解釋（Aesthetic Facts and Aesthetic Explanation）；(7)哲學的與特別的美學（Philosophical and particular Aesthetics）；(8)藝術的美學與文學的美學（Aesthetics of the Arts and Aesthetics of Literature）。美學家可以本著各自的偏好來從事美學的研究。

然而，從事後者的研究，作爲一個美學史家，他就必須掌握這一切的路線，從事全面的追蹤，以期明瞭美學發展的全般概況。因此達達基茲特別強調，在材料的選擇上，美學史不能單靠外在的標準（exterior criterion）──即是指特別的名稱或特別的研究範圍等──來決定，它應該包含一切有助於美學問題之探討、解決、或充當審美概念之觀念，即使這些觀念出現在其他不同的名目之下，或其他學科之中也無不可。爲了進一步說明個中的實情，達達基茲於是又列舉了下述四種二元性：(1)審美觀念的歷史與名辭的歷史（The History of Aesthetic Ideas and the History of Terms）；(2)顯然的與隱然的美學史（History of Explicit and of Implicit Aesthetics）；(3)敘說的與解說的美學史（The Expository and the Explanatory History）；(4)審美之發現的歷史與觀念流行的歷史（The History of Aesthetic Discoveries and The History of Prevailing Ideas）。

由於以上的指引，所以本文在取材上，選擇了哲學家的老子與田園詩人的陶淵明，來從事中國美學的研究開發。在研究進路上，我們是從「藝術」的向度去探討他們的生命精神。職是之故，探尋相應於他們思想特性的生命精神和藝術義蘊，便是我們研究的課題，唯鑒於(1)老子《道德經》，文約辭簡，歷代以注疏爲本的老學已然分化〔註7〕；而陶集文體省淨，歷代解陶的視

達達基茲和他的美學史〉，頁 122～143。

〔註 7〕參見袁師保新所撰之博士論文，《老子形上思想之詮釋與重建》，第三章〈當代老學詮釋系統的分化〉，台北：文化大學，1983 年，頁 42～78。

點難免囿於一察之見，致使淵明詩文底靈魂抹上了歷史的迷霧〔註 8〕。(2)中國歷代並未將「藝術」放在美學的層次去作嚴密的界定。〔註 9〕

　　所以，在方法上，我們以「創造性的詮釋」（Creative Hermeneutics）〔註 10〕：(1)反對「各說各話」的詮釋行為；(2)懷疑任何不經批判的、輕率的詮釋行為；(3)尊重學術史上各種客觀的資料與研究成果；(4)儘可能透過已建立的詮釋系統的批判反省，將主觀性的擬構提昇到歷史的客觀性的層面。意即一方面經由系統對比逼顯出差異，另一方面透過內在、外在批評，尋求最圓滿的解決，這也就是說，在對比中先訴諸一致性的原則，分列檢查每個詮釋系統的內容是否一致，是否窮盡了方法的效用，是否能夠還原到經典之中，然後再檢討各種詮釋方法的適當性，觀其限制與互補的可能性，尋找新的綜合契機。——來探尋相應於老子與陶淵明思想特性的生命精神。

　　以「審美三合一」〔註 11〕——藝術品就好比是一個有機的整體，構成這個整體的質（藝術品的媒材）形（藝術品的形式）意（藝術品的內涵）是三者兼顧，一體並重，相輔相成——的主張，就藝術所顯現的三個主要方面：(1)藝術家底創造活動（The Creative Activity of the Artist）；(2)藝術品（The Work of Art）；(3)非藝術家的大眾，對於前列兩項所生的感應，也即是所謂的藝術的欣賞與批評（Art Appreciation and Art Criticism）〔註 12〕。以西方美學的思考方式，來詮釋老子、陶淵明生命精神內涵的藝術義蘊。

　　在資料處理方面，老子部分，引文我們以《帛書老子》校勘為底據，文句與《今本老子》略有不同，惟今本與帛書在義理上變動不大；陶淵明部分，引文我們以方祖燊《陶潛詩箋註校證論評》為本。

---

〔註 8〕　參見蕭望卿，《陶淵明批評》，一、陶淵明歷史的影像，台北：開明書局，1957年，頁 1～30。

〔註 9〕　參見顏崑陽，《莊子藝術精神析論》，第二章〈藝術之一般界義〉，台北：華正書局，1987 年，頁 38～74。

〔註 10〕此撰述方法首為傅偉勳先生發表在《中國哲學季刊》，〈創造性的詮釋：道家形上學與海德格〉一文。可參見：Charles Wei-Hsun Fu, "Creative Hermeneutics," *Journal of Chinese Philosophy* 3, 1976, p.115～143。

〔註 11〕「審美三合一」是劉文潭所提出的美學主張，參見其《新談藝錄》，台北：中華書局，1974 年，頁 24。

〔註 12〕這是劉文潭本於「捨異求同」的原則下，所歸究出的西方各派美學詮釋藝術的著眼點，參見劉文潭，《現代美學》，〈序論〉，頁 3。

# 第三節 本文論述之程序

本文撰述的方式與程序，可分爲三個階段，由三組課題所引導，分別在二、三、四章完成。

第一階段的課題是：老子澹然的藝術精神是什麼？而這個課題又必須先建築在，對老子思想特性的生命精神的理解上，亦即，我們必須先通過對於老子思想之眞義的「相應」探索，才能參酌西方美學的思考方式，作「引伸」的詮釋開發，如此，方不致於背離或歪曲了老子思想的原意。因此，在論述上分爲前後兩部分：前半部，我們先以「創造性的詮釋」，理出相應於老子思想之眞義的生命精神；後半部，我們再以「審美三合一」的立場，就藝術活動所包含的三個主要的方面（藝術的創造、欣賞和批評），詮釋開發老子的藝術精神。而這後半部，便是我們研究的重心，其中又分爲兩部分：(1)就老子《道德經》文中關涉到美或藝術的言論作詮釋；(2)據前半部所理出的結果，開發老子生命精神中藝術的義蘊。合這兩部分的研究結果，輻輳出老子哲學的美學的藝術精神。

第二階段的課題是：陶淵明悠然的藝術精神是什麼？在論述的方式與程序上，大致如第一階段，唯在後半部藝術精神的詮釋開發中，我們是直接面對作品──陶集──以語言媒材爲基礎的文學創作，考察陶淵明文學的美學所表現出的藝術精神。

第三階段的課題是：澹然與悠然的藝術精神之比較。據前兩階段的析論結果，我們詮釋了老子與陶淵明的藝術精神「是什麼」，在這個階段，我們將屬於哲學的美學的老子的藝術精神，與屬於文學的美學的陶淵明的藝術精神作一比較，明乎他們所激賞的價值、與把握藝術品所體現出價值的方式，並參酌西洋美學作關聯性的會通、檢討與批評。

最後，本文將簡略地作一結論，將澹然與悠然的藝術精神之特質，在捨異求同、集長去短的原則下，汲取其能提供我們切實把握藝術之創造的特性，從而產生如同其情的了解，增進美感的經驗，領會人生之價值的精義，再闡明其藝術精神的現代意義，並作本文之回顧與展望。

# 第二章　老子「澹然」的生命與
　　　　藝術精神

　　本階段回答老子的藝術精神「是什麼？」分前後兩部分以明之：即(1)理出相應於老子思想眞義的生命精神。(2)詮釋開發老子澹然的藝術精神。而以後半部爲我們研究的重心。

## 第一節　老子的生命精神

　　老子，這位矗立在中國文化長流中的偉大心靈，其思想的結晶不僅是過去歷代無數中國人安身立命的憑藉，其超卓的形上智慧，以及對宇宙人生的洞見，也是當前人類藉以理解自身與瞻望未來的思想寶藏。今天，我們探尋這位兩千多年前的心靈，汲取其生命精神的智慧泉源，須先把握老子的義理規模與思想精神。然而，對於老子義理的詮釋，明顯地已遭遇了如下的困境：(1)坦白地說，除非考古材料有了進一步的發現，或考據家找到更令人信服的方法，我們是很難斷定老子的身世與年代的。(2)老子《道德經》文簡意深的經體形式，以及一切論證付諸闕如的表述方式，使得其核心概念的意涵均難於測定把握。換言之，老子《道德經》的義理宗趣並非昭然若揭，不可爭議的。(3)宛若天降的寥寥數語，往往涵蘊著多重詮釋的可能性（我們只要回顧歷代解老、宏老、注老的作品〔註1〕，就可以發現區區五千言的哲學經典，在不同時代、不同注疏家的手中，已衍爲不同的理解系統，則老學之嚴

---

〔註 1〕以嚴靈峰所輯《老列莊三子知見書目》爲據，計收老子專著一千一百七十餘種，論說八百七十餘篇，台北：中華叢書編審委員會，1965 年。

重分化〔註2〕，將是更不容爭議的事實）。于今之計，或許我們只有擺脫考據的爭論，直接以「創造性的詮釋」就原典來把握老子的義理規模與思想精神，以明老子生命精神的真相。

## 一、以「創造性詮釋」探尋老子生命精神的應有自覺

有了前述的認識後，當我們面對老子義理多向發展的哲學時，實不必慨嘆老子哲學的本來面目在那裡，而應該自覺到：老子本來面目的揭露，原只是每個時代詮釋者的理想。換言之，當老子《道德經》並沒有清楚地表示他一定的立場時，我們身爲詮釋者，應該首先鬆動「這就是老子本身唯一的主張」的看法，而謙退一步，意識到自己對老子思想性格的規定，極可能只是在某種詮釋假設與方法下，我們心目中所認定的老子。這也就是說，將「老子的哲學是……」鬆動爲「老子的哲學應該是……」，自足於一種「創造性詮釋」（Creative interpretation）反省選擇的研究成果之上。

明乎此，我們應自覺到「創造性詮釋」這個方法學的觀念，遠比它的字面涵義要來得謙遜。因爲，如果人的理解活動不可能摒棄孕育他的「傳統」，則所謂「創造」其實都是立基於傳統之上的「發展」，而所謂「批判」也只不過是一種經過反省的有選擇的「繼承」。因此，本文後續以「創造性詮釋」所理出的相應於老子思想真義的生命精神，正是植基在前賢點滴匯聚而成的已有成就的肯定之上，作創造性的發展與批判性的繼承。

## 二、當代老學「創造性詮釋」系統的研究成果

袁保新教授在其《老子形上思想之詮釋與重建》博士論文中，以「創造性詮釋」的方法，透過當代老學詮釋系統，即(1)胡適之先生「發生程序」說〔註3〕；(2)馮友蘭先生「邏輯程序」說〔註4〕；(3)徐復觀先生「發生程序」

〔註2〕 以當代老學詮釋系統而言，就有胡適之、馮友蘭、徐復觀、勞思光、方東美、唐君毅和牟宗三等諸位先生的詮釋系統的分化，詳見袁師保新，《老子形上思想之詮釋與重建》，頁45～65。

〔註3〕 胡適之，《中國古代哲學史》，老子部分之第三節「革命家的老子」中曾表示：「我述老子的哲學，先說他的政治學說。我的意思要人知道哲學思想不是懸空發生的。」台北：商務印書館，1970年，頁49。

〔註4〕 馮友蘭云：「老子以爲宇宙間事物之變化，於其中可發現通則。凡通則皆可謂之爲『常』，……常有普遍永久之義，故道曰常道。」復云：「事物變化既有上述之通則，則『知常曰明』之人，處世接物，必有一定之方法。」可見馮友蘭認爲老子政治之人生的主張是來自於形上之「道」的把握。參見馮友蘭，

的思想史進路〔註5〕；(4)勞思光先生「基源問題研究法」〔註6〕；(5)方東美先生「超越形上學」（transcendental metaphysics）的觀點〔註7〕；(6)唐君毅先生「客觀實有形態」語義類析的進路〔註8〕；和(7)牟宗三先生「主觀境界形態」實踐體證的進路〔註9〕——的對比反省之後，理出了如下成果：

## （一）老子哲學的課題——繼周文崩解重新尋找人間的價值秩序

以(1)《道德經》思想背景的考察結果〔註10〕：①禮的僵化的與刑的肆虐；②大規模的戰爭與兼併，生命呈現無比的微弱；③工商業的興起，欲望增長，民心浮動；④士集團的擴大，形成名利增競的熱潮。(2)《道德經》文獻的理論還原〔註11〕所指出的老子思想關懷：①如何建立理想的政治？②如何成為聖人？③如何向上實現生命之善與大？④「道」何以失落？〔註12〕測定出老子思想的基源問題，就是對「道」的失落與回歸的反省。

## （二）老子「道」的基本性格——存在界價值理序之形上基礎

所謂「道」乃價值世界的形上基礎，我們不妨從方東美先生「根據中國

《中國哲學史》，台北：泰順出版社，1982年，頁223、227。

〔註5〕徐復觀，《中國人性論史》：「老子的動機與目的，並不在於宇宙論的建立，而依然是由人生的要求，逐步向上面推求，求到作為宇宙根源的處所，以作為人生安頓之地。」台北：商務印書館，1969年，頁325。

〔註6〕勞思光，《中國哲學史》卷一，香港：中文大學崇基書院，1971年，頁15～19。勞先生認為「老子之學起於觀變思常」（頁157）。

〔註7〕即「一方面深植根基於現實界；另一方面又騰衝超拔，趨入崇高理想的勝境而點化現實」——方東美，〈中國形上學中之宇宙與個人〉，原以英文發表於1964年東西方哲學家會議，後由孫智燊先生翻譯，收於《生生之德》一書中，台北：黎明出版社，1979年，頁238。

〔註8〕唐君毅，《中國哲學原論》原道篇卷一：「吾昔年老子言道之六義一文之下篇，以實體義為本以解釋老子，只為解釋老子之言之一可能之方式。吾昔之所言，固未必非，然其他之論，亦可是也」。香港：新亞書院，1973年，頁339。唐先生〈老子言道之六義貫釋〉，原發表於香港大學五十週年紀念論文集，後收在《中國哲學原論》導論篇，以〈原道〉一名刊行，可參見該書，頁348～398。

〔註9〕即由實踐所開顯的一種對價值世界的觀照（說明）。牟宗三，《中國哲學十九講》，台北：學生書局，1983年，頁130～131。

〔註10〕王師邦雄在其《老子的哲學》一書中，以「義理推斷」的途徑，經由文獻的分析，指出老子思想所反省的時代，具有這四項極為明顯的特徵。台北：東大圖書公司，1980年，頁48～54。

〔註11〕所謂「理論還原」依據勞思光的解說，「就是從許多論證中逐步反溯其根本意向所在」。參見勞思光，《中國哲學史》卷一，頁16。

〔註12〕參見袁師保新，《老子形上思想之詮釋與重建》，頁116～120。

哲學的傳統，存有學也就是價值論，一切萬有存在都具有內在價值，在整個宇宙之中更沒有一物缺乏意義」〔註13〕的這種見解出發，首先了解存在界之所以能相續相生，是因為存在界涵具著一種整體的、和諧的價值秩序，在這秩序中每一事物都有其應具的本然地位、以及與其他事物的關係。換言之，整個存在界其實就是價值世界，而「道」也就是規範這一切事物的地位與關係的價值之理。亦即從後設反省的觀點來看，所謂「道」也就是老子心目中，人類理解自己在存在界中的地位，決定自己與其他人、物、鬼、神、天地之間關係底意義基礎，或規範一切的價值理序〔註14〕。而不能擬同於西方形上學的第一因、無限實體、或自然規則，否則形上之「道」與人生實踐之「道」，必如陳康先生所析〔註15〕，斷裂為兩橛（混淆了「存有」與「應然」之間的區分）。

## （三）「大道」失廢的原因
### ——吾人心靈對名器的執著，遺忘了「大道」

周遍存在界的「大道」，本來是素樸無名的，在其德潤之下，天地正位，四時有序，萬物均和。而聖人之治，體「道」備「德」，為應人間社會之需，遂散樸為器，立官長，別倫秩，分百工。但守「道」抱「一」的聖人，雖緣不得已散樸為器，因器制名，卻並未「循名而忘樸，逐末而喪本」〔註16〕，因為「歙歙為天下渾其心」（《老子》四十九章）的聖人，以其「德善」「德信」（《老子》四十九章），復涵容一切因名而有的區分與對立〔註17〕，因此「名

---

〔註13〕 Thomé H. Fang: *The Chinese View of Life*, Hong Kong: The Union Press, 1957, p.21.

〔註14〕 藉英國形上學家 Prof. Walsh「沒有存有論之形上學」（metaphysics without ontology）的觀點來看，我們未嘗不可將「道」視為老子理解整體經驗界的一項詮釋性原則，即老子理解一切事物、一切現象的意義基礎。換言之，我們不必將「道」實體化，外在原因化，因為，老子關心的問題並不是在因果序列中探問「存在物為什麼會存在」，而是從價值意義的觀點，藉著「道」這一原理來說明「事物應該如何維持存在」。關於 Prof. Walsh 的主張，可參考：*Metaphysics*, London: Hutchinson University Library, 1970。

〔註15〕 陳康認為老子的「道」實具有雙重性格，一是作為「存有原理」（Seinsprinzip），另一是「應然原理」（Sollensprinzip），前者具有必然性，無一物可以脫離約束，後者則是規範性的法則，可以遵守，也可以違背。Chung-Hwan Chen, *What Does Lao-Tzu Mean by the Term "Tao"?*,《清華學報》，1964 年 2 月，頁 150～161。

〔註16〕 蘇轍，《老子解》卷二，頁 21，無求備齋據寶顏堂秘笈本影印，無求備齋《老子集成》初編，台北：藝文出版社，1965 年。

〔註17〕 根據四十九章「善者吾善之，不善者吾亦善之」、「信者吾信之，不信者吾亦

---

亦既有」卻仍能夠「知止」,「可以不殆」(《老子》三十二章),故稱爲「大制無割」(《老子》二十八章)。可是,設若人間社會在散樸爲器,因器制名的過程中,由於定名引起了心知的執取,器用誘發了情欲的追逐,遂循名而忘樸、逐末而喪本,甚至以「名」爲「道」,而未能「知止」,則面對千差萬別的名器世界,遂不免展開無窮的追逐、爭鬥對立,而人間社會也就走向了危殆的命運。

### (四)回歸「大道」的途徑——由致虛守靜到知常法道

基於前述「大道」失廢的原因,則重建人間價值秩序,回歸「大道」的途徑,首先就是將製造爭鬥對立的根源——主觀心知與情欲所纏結的虛妄主體——予以撤消,撤消虛妄主體之道,即在於「損之又損」(《老子》二十五章)的工夫,亦即針對心知的定執,情欲的追逐,以「不自見、不自是、不自伐、不自矜」的修養,一一化解掉,重返生命本來素樸無爲的狀態。老子《道德經》中,有關類似實踐工夫的提點,俯拾皆是,所謂「不爭」(《老子》八章)、「知足」、「知止」(《老子》四十四章)、「少私寡欲」(《老子》十九章)、「去甚、去大、去奢」(《老子》二十九章)、「無事」、「無欲」(《老子》五十七章)等等,但總歸其要,則不外「致虛極、守靜篤」(《老子》十六章),澈底地將心靈從有爲造作中拯救出來,然後「觀復」以「知常」(《老子》十六章),由「知常」以「法道」(《老子》四十八章),則「以道蒞天下」(《老子》六十章)的結果,就是人我、物我、天地鬼神的「德交歸焉」(《老子》六十章),重新恢復到「大制無割」的人間秩序之中。

## 三、「相應」於老子思想特性的生命精神
### ——「澹然獨與神明居」[註18]

基於前文之自覺反省與考察結果,我們知道周文崩解的結果是價值失序,連帶地「禮儀三百,威儀三千」[註19]所提供的世界觀也遭到動搖,於是當「人在宇宙中的地位」也變得模糊的情況下,老子之學的「目的是做救

---

信之」,則聖人雖有「善」、「不善」的區分,卻同時超越涵容之。

〔註18〕語出莊子〈天下〉篇,見於郭慶藩輯,《莊子集釋》,台北:華正書局,1982年,頁1093。此提點參見程師兆熊,〈老莊思想與現代社會〉,載於《第一次世界道學會議第四屆國際易學大會會後論文集》,台北:中華民國老莊學會,1988年,頁15。

〔註19〕語出《中庸》,參見朱熹《四書集註》,台北:藝文出版社,1974年,頁25。

世的聖人」〔註20〕，其重建人間的價值秩序，所提示的「道」，正代表一種新的世界觀的建立，在這個世界觀中，不但一切事物都有其應有的地位，構成一和諧整體的存在界，而且這種和諧、整體的價值秩序，也就是人間一切人文禮制的基礎。換言之，老子希望藉著「大道」的召喚，使人類從名器的世界中掙脫，重返「自然」和諧的境地。此正如王邦雄教授所謂「站在人之有限存在的體驗感受，再反省人之生命何以成為有限的問題，並試圖就精神的修養，與道德的實踐，去打開即有限而可無限的可能之路」〔註21〕可見，老子的哲學實來自於一段真誠的實踐工夫，其生命精神正表現在對「道」的全幅意涵的朗現中。

## （一）理性之智——批判反省人的生命何以成為有限

### 1. 生命本可無限

老子云：「無，名天地之始；有，名萬物之母」（《老子》一章）證諸第一章我們知道，「道」兼具「始」、「母」兩重性格。「始」是強調「道」乃天地萬物的根源，「母」則凸顯「道」對天地萬物的化育。亦即，「道」作為存在界得以生續之價值秩序的形上基礎，一方面超越天地萬物之上，「道隱無名」（《老子》四十一章），不為任何形名所限，稱之為「無」；另一方面，則又內在於天地萬物之中，「大道氾兮，其可左右，萬物恃之而生而不辭」（《老子》三十四章），使萬物得以各據其性、各安其位、各暢其生，稱之為「有」。「道」是既超越復內在的。

換言之，「無」是就「道」的超越性來說，是體；「有」則是就「道」不離天地萬物來說，是用。有無二者乃「道」之一體的兩面。即體可成用，即用可顯體，所以老子云：「道大，天大，地大，王亦大」（《老子》二十五章），是人的生命，本在道之大的生養化成中，而直與天地同其大，是道之無限性，亦內在於吾人生命之中，此即有限而可通向無限的可能之路，是出乎生命的體證而得，才發為思想玄理的。

### 2. 人之有限存在的體驗感受

基於前述——「大道」失廢的原因——的反省，我們知道，人的精神生命之所以成為有限，是在人之心知的執取之下，道落為可道（人的路開始被

〔註20〕陳榮捷，〈戰國道家〉，刊於《中央研究院歷史語言研究所集刊》第四十四輯，1972 年 10 月，頁 470。
〔註21〕王師邦雄，《老子的哲學》，台北：東大圖書公司，1980 年，頁 74。

決定。因為可以言說的道，已經過人的語言概念所規定，其真精神、真生命就在語言概念中被限制住了。故道若可道，已非本來的常道，而是人心所規定的道）。德轉為下德（下德者唯恐失去德，執守於某一德的標準，生命不得自在而轉成有限），美善之相對假立於先（已然把標準定住，用一些內涵來規定它的外延，把世界畫成兩半），貴高之政治推助於後（把他人推入這個相對的世界），由認知定位轉為價值追求，使民心因名利之可欲，轉生行為的趨避，交相奔競追逐，引生了情識的纏結，於是壓抑、失落、焦慮、恐慌，一切人生的悲苦困惑，都幾從這邊開始引生而為之大亂。

### 3. 反省問題之後的批判智慧

老子在「人的生命何以成為有限」的存在反省上，指出人生的困頓與政治的紛擾，主要來自於人的心知對於名器的執取，所引發的危殆。在此問題所引發的一套名言規範系統的制約背後，特別是老子身當周代文明熟爛之時，禮制早已僵化，但人類心理、慾望、行為對禮制名言的依賴已久，有關這類名言規範系統的相對性侷限性（因為名言的本質在於「區分」（distinction），而區分具有排他性），早已習焉不察，老子五千言的教誨，遂不得不「以遮為詮」〔註22〕、以「正言若反」（《老子》七十八章）的詭辭，將人類心靈從這種相對的價值範疇中解脫出來。

因此，老子之呃言「道隱無名」、「不言之教」（《老子》二章），其目的並非取消名言，而是要「崇本以舉末」〔註23〕，藉由價值之源的澄清，來重新安立人間名教的秩序。此所以牟宗三先生盛言，老子的智慧在「作用地保持」聖智仁義等價值，實有見於此〔註24〕，因為，惟有心靈長保虛靜自主活潑潑的創造性，一切價值的實現才能可久可大，文明創造的生機，才能綿綿若存地不斷貫注到人間世界中。

### （二）生命之慈——悲天憫人的宇宙情懷

### 1. 坤道母德之慈

老子對其自家生命有所表白，並透顯其內在精神的，有如下二語：「吾欲獨異於人，而貴食母。」（《老子》二十章）、「我恆有三寶……一曰慈……夫慈固能勇……天將建之，如以慈垣之。」（《老子》六十七章）老子自謂生命

---

〔註22〕「遮詮」本佛家語，《宗鏡錄》云：「遮謂遣其所非」。
〔註23〕王弼，《老子注》，收於《王弼集校釋》，台北：華正書局，頁35。
〔註24〕牟宗三，《才性與玄理》，台北：學生書局，1985年台五版，頁360。

中的三寶，首要就在其母德之慈，這正是老子清靜無為，卻站出來發為五千言之哲理玄思的內在動力，是謂「慈故能勇」。老子哲學，面對人之存在的困頓，雖僅求放開鬆散，當下得一大解脫大自在，然此一求以消散人之存在困頓而感同身受的心，正是其生命有光亦有熱的大擔當。

老子云：「民生動皆之死地之十有三。」（《老子》五十章）、「民之從事也，恆於其成事而敗之。」（《老子》六十四章）此言老子對天下人民，為了求生反而掉落死地，而所從事者，亦常功敗於垂成之際，深致其歎惋之意。並由是而興發其「人之不善，何棄之有？」（《老子》六十二章）的慈心悲願，思有以拯濟之道。只因母德之慈，本是最無條件而又深根固柢、遍在一切而又兼容並蓄的，由慈暉普照，方能開出一為善人得其德貴之寶，與不善之人得其免罪不害（幡然悔悟而成為善人）之保。

### 2. 人之有身的憂患意識

老子云：「吾所以有大患者，為吾有身也，及吾無身，有何患？」（《老子》十三章）、「五色使人目盲，馳騁畋獵，使人心發狂；難得之貨，使人之行妨，五味使人之口爽，五音使人之耳聾，是以聖人之治也，為腹而不為目，故去彼而取此」（《老子》十二章），老子以人之有身為憂患，而身之有大患，來自於人對五色、畋獵、難得之貨、五味、五音等的過度追逐，而不知節制。老子非常反對這種追求物慾的人生——物質生活、色情生活，以金錢之高低為價值觀念的生活。而指出了「服文采，帶利劍，厭飲食，貨財有餘，是謂盜夸，盜夸，非道也。」（《老子》五十三章），把這種只追求物質的生活、經濟的發展，稱為盜賊的政治。

而解救吾有身之大患，在於吾「無身」——「少私寡欲」（《老子》十九章）；「為腹而不為目」——「恆德乃足，復歸於樸」（《老子》二十八章）。為「腹」，即求建立內在寧靜恬淡的生活。為「目」，即追逐外在貪欲的生活〔註25〕。一個人越是投入外在化的漩渦裡，則越是流連忘返，使自己產生自我疏離（Self-Estrangement），而心靈日愈空虛。因而老子喚醒大家要摒棄外界物欲生活的誘惑，而持守內心的安足，確保固有的天真。老子不僅批判物欲「文明」生活的弊害，還指出「物壯而老」（《老子》三十章）物極必反

---

〔註25〕林語堂英譯註說：「腹」指內在自我（the inner self），「目」指外在自我或感覺世界。參見林語堂，《老子的智慧》，台北：德華出版社編譯，1982 年，頁90。

之理。換言之，當人類竭盡所能地，鑽研於「物質」或機械文明的創造或發明時，如果不同時重視「人性」或「道德」的修持，那麼世界終將會被人類自己所創造的「文明」所摧毀。此種憂患意識，即爲老子發人深省之宇宙情懷。

### 3. 精神主體之自由

老子的哲學，在根本上，即在無掉一切既定之價值規準的作用中，呈顯一絕對的沖虛，與主體無所歸屬的自由，此一由絕對沖虛而顯現的主體自由，就是老子哲學之價值所在。亦即其不在本質上肯定「是什麼」，而僅在作用上求以「如何保存」正面挺立出來的人文禮教（如儒家者），以其豁醒消散的作用，而保存可能僵化扭曲的禮樂名教，亦即老子什麼都不是，但是他要讓什麼都是。

這一「作用地保存」的心志自由，是窺破天機的高明智慧〔註26〕，有空靈——一切生命靈感的泉源——讓一切的宗教、一切的教義，一切人生正面的，都成爲可能，而不相衝突。雖然，這一本質上求以作用地保存人文禮教的眞用心所在，在人間失落了，卻意外地以其精神主體的自由，開啓了展現生命才情之美的藝術文學之門。這反而是老子哲學落在歷史長流中所形成之最直接最深遠的影響。〔註27〕

### （三）聖人之德——即有限而可無限的實踐進路

基於前述——回歸「大道」的途徑——由致虛守靜到知常法道。我們知道老子即有限而可無限的實踐進路，在其「天下之物生於有，有生於無」（《老子》四十章）——我「無」了，我才「有」——的「無爲而無不爲」（《今本老子》三十七章）的實現原理。亦即老子以爲人的生命有限與其存在的困頓，乃由人的有心有爲，有知有欲而來，故透過主體的修養工夫，以打開即有限而可無限的實踐進路，一是由吾心之致虛守靜，以開出生命的微妙玄通；一是由吾生的搏氣致柔，以回歸生命的素樸本眞。此一主體修養的實踐進路，是老子哲學的命脈所在。老子語道德，非爲架空之玄理，而有其實質意義，即由此路而開顯。

---

〔註26〕錢穆，《莊老通辨》：「老子書中，卻像有一個天道隱隱管制著不許不平等。但這些天道，卻給一位懷著私心的聖人窺破了。」香港：新亞研究所，1957年，頁116。
〔註27〕王師邦雄，《老子的哲學》，頁194。

### 1. 虛靜心的明鏡觀照

我們知道老子哲學興起之旨趣,其外緣在救周文之桎梏,其內因在消解生命之造作與外逐。故其德在主體修證上顯,工夫在心上做,亦即「致虛極」「守靜篤」、「滌除玄覽」(《老子》十章)的內修。

「致虛極」,虛就是把心的內容取消了,標準不要了,我沒有了標準,就沒有了要求;「守靜篤」,是當心沒有要求的時候,我的心就歸於平靜了。所以虛靜心是取消了人間既成的標準與規定,讓心回到心的本身。人自我流落於心知的定限之域,自我放逐於情識的爭逐之場,其日一久,呈現意識中的自我,是心執與情結之我,人之本質逐失落而不自知。而心歸於虛靜,即有如明鏡,首在照顯自我,此一由虛靜心所照顯之我,就是吾人生命之德。是謂「自知者明」(《老子》三十三章)——讓生命回到本來的自然清明。

其次,此虛靜心的明照,就在朗現天地萬物之真相。在消解相對認知與價值定位之後,心無主觀規格以加之外物,外物始得以其本來面目,呈現於吾人的玄覽之心。此老子云:「以身觀身,以家觀家,以鄉觀鄉,以邦觀邦,以天下觀天下,吾何以知天下之然哉?以此。」(《老子》五十四章)吾人之虛靜,不僅照顯了自身自家之德,而在不加規定扭曲之下,也朗現了鄉國天下之德。是謂「知常曰明」(《老子》五十五章)——讓世界回到原有的天朗氣清、風和日麗。

### 2. 回歸自然的超越之路

老子云:「為學者日益,聞道者日損,損之又損,以至於無為。」(《老子》四十八章)「為學」是經驗的進路,「聞道」則是超越的進路。主體的內修自證是「聞道日損」之路,亦即將心知的造作,加以逐層剝落,使生命不外逐不散落。這一知相概念的剝落,所呈現的就是道心,是則道的封限,亦在吾心的「損之又損」中,逐步開顯其「玄之又玄」(《老子》一章)的無限妙境。

老子云:「道生之,德畜之,長之育之,亭之毒之,養之覆之,生而弗有也,為而弗恃也,長而弗宰也,是謂玄德。」(《老子》五十一章)、「載營魄抱一,能毋離乎?摶氣致柔,能嬰兒乎?滌除玄覽,能毋疵乎?愛民治國,能毋為乎?天門啟闔,能為雌乎?明白四達,能毋知乎?生之,畜之。生而弗有,為而弗恃,長而弗宰也,是謂玄德。」(《老子》十章)所謂「德」,亦即價值理序籠罩下,每一事物自我實現的內在動力。所以老子云:「孔德之容,

唯道是從」（《老子》二十一章）、「德」以「道」為形上基礎。又云：「萬物尊道而貴德」（《老子》五十一章），就主體修證而言，道僅有其形式的意義，其眞實義是以德為其內容的，所以「玄德」一方面可以用來說明形上之「道」的生化萬物，另一方面也可以視為一切人生修養的最高歸趣。

　　老子復云：「恆德不離，復歸嬰兒」、「恆德乃足，復歸於樸」（《老子》二十八章）「嬰兒」是老子理想人格的象徵，是大人而不失赤子之心的「嬰兒」，是化掉心知情識的大智若愚，它是屬於生命修養中的最高境界。而老子回歸自然的超越之路，就在虛靜心的明鏡觀照下，通過「聞道日損」的超越進路，成就赤子「嬰兒」「復歸於樸」的聖人之德，此回歸的「自然」，是通過心靈境界的修養，所開顯出的自然化境，它不是一個事實的觀念，不是屬於實然的起點，它是一個價值的觀念，是屬於最高的生命境界。

## 第二節　老子澹然的藝術精神

　　為了不致於悖離或歪曲了老子思想的原意，在上一節中，我們以「創造性詮釋」從理性之智、生命之慈、聖人之德等三方面，理出了「相應」於老子思想特性澹然的生命精神，接著，我們便植根在這個基礎之上，以「審美三合一」（藝術品的質─媒材、形─形式、意─內容三位一體）的立場，來詮釋開發合於老子生命精神之藝術義蘊的花果。而基於前文尋繹析論的研究成果，我們對老子哲學的美學之藝術精神，先要有如下三點基本的認識：

(1) 由於老子是立足於對「文明」社會的內幕和黑暗，來反省批判美與藝術的問題。

(2) 所以老子是從「道」的自然無為、從個體生命如何求得自由發展的觀點，來面對美與藝術。

(3) 因此，老子的藝術精神同他的哲學是不可分地互相滲透在一起。

　　有了以上「相應」的認識，我們再來詮釋開發老子澹然的藝術精神，茲從美與藝術的創造、藝術品、藝術的欣賞和批評等四個向度以明之。

### 一、老子對美的體會

　　此就《道德經》文中，直接關涉到美〔註 28〕的言論作詮釋。言「體會」

---

〔註28〕《道德經》文中提到「美」字者凡九次，以今本老子之分章序次為本，分別在二、二十、三十一、六十二、八十、八十一等章中。

是因為老子的哲學是從其生活中，實際經驗過來的，而其藝術精神又同他的哲學是密不可分的。

## （一）沒有客觀獨立存在著的「美」，美醜存乎於心、相待而生

老子云：「天下皆知美為美，惡已；皆知善，斯不善矣。有、無之相生也，難、易之相成也，長、短之相形也，高、下之相盈也，意、聲之相和也，先、後之相隨，恆也。」（《老子》二章），就老子之思想特質而言，誠如他對「道」的描述一樣，「可道」非道，所以「可美」非美——亦即「一般」可以完全被人們感知的「美」，不是真正的美。世間並沒有一個具體的事物，它的名字叫作「美」，而可以讓我們直接指稱感知的。如果有人定於一尊的宣稱某物就叫作「美」，那麼他所指稱的這個他以為放諸四海皆準的「美」，並不是真正的美。亦即美不是一個定名的事物，美不在外在的物體，它並不是客觀獨立存在著的。就老子而言，世俗把標準定住（用一些內涵來規定它的外延，把不合於這個標準的一概稱為醜）而奉為圭臬的這個「美」，只是一個相對的假立之名，如果主政者倡於前，而引領世人交相競逐景從；教育者灌輸於後，而概念化了人們的心靈，那適足以執取人們的心知、纏結人們的情識、造作人們的意念、斬斷人們創造的生機，而使美在人間遺落。

在說明世間沒有客觀獨立存在著的「美」之後，老子進一步的指出，美與醜是相對待而言的，正如有無、難易、長短、高下、意聲、先後等等是相對待而言的一樣，美與醜是經由吾人感受、判斷、比較之後，才產生出來的分別相，此時，老子提出了主觀心靈介入的重要關鍵，外在的事物，並不足以扮演主導美感的領銜角色，它至多不過是主觀心靈創造的一種質料罷了。

## （二）生理快感不是美、美不在效用，美在心靈會物感思所創造出的可共感的愉悅

老子云：「五色使人目盲」、「五味使人之口爽」、「五音使人之耳聾」。這是老子對於無節制地沈溺於味、聲、色的感官享樂，所引起的官能麻木及病態現象的一種嚴厲的批判，目之於色、口之於味、耳之於聲，本是人類生理感官的欲求對象，對於這些官能的滿足，雖可達致生理上的愉快，可是，色彩繽紛會使人眼花撩亂；飲食饜飫會使人舌不知味；音調雜亂會使人聽覺不敏，老子批判當時一般人所知道的聲、色之「美」，只不過是一種混同於感官刺激所引起的愉快罷了，這種只沈湎於肉體之中，侷限於器官之內，

就只能使我們感到一種遲鈍和自私色調的生理快感，老子並不認爲這就是美的。

老子在批判時人把美感混同於生理感官的快感之不當的同時，亦指出：「馳騁畋獵，使人心發狂；難得之貨，使人之行妨」，又云：「兵者不祥之器，非君子之器，不得已而用之，恬淡爲上。勝而不美，而美之者，是樂殺人。」（《今本老子》三十一章），老子認爲畋獵、財貨對人而言，本在於其可供利用厚生的現實效用，然而，對於物慾的無盡追逐、財貨的汲汲營取，只會使人利慾燻心而縱情放蕩，失去正常的理智感覺；而銳利的兵器雖可在戰場上發揮克敵致勝的效果，其意義並不在於以戰勝來顯兵器實用之「美」，而只不過是把它當作是以戰止戰的工具罷了。亦即，老子不以兵器銳利之效用爲美，不以畋獵滿載、財貨厚生之利益爲美，可見老子之美是超乎現實利害關係、效用之上的。

在批判過生理快感不是美、美不在效用之後，老子歸結云：「是以聖人之治也，爲腹不爲目」。老子深明對於身外之物——如聲色貨利等——的追逐，將離去本性的靈明，所以警人摒棄外在物慾、快感的誘惑，而務求內在心靈的豐富安足，確保固有的天眞。老子云：「美言可以市尊」（《老子》六十二章）——言詞之嘉美可以相契交通而取重於人〔註29〕。嘉言之所以會予人以「美」的感覺，乃在於其所言之內涵合於至道足以愉悅我們的靈魂，而取得我們感同身受，產生共鳴的瞭解與尊敬。因爲語言文字是可理解的符號（intellectual symbols），是思想的產物，它是心靈交流的媒介之一，通過它可以傳達彼此所激賞的價值、意義與情感等，而此內涵的價值、意義與情感，是爲心所感，並爲心所享的。

綜上可見，老子之美，不具存於客觀物象之中，不是根源於生理感官的快感，它超乎於現實的利害關係之上，它是主觀心靈會物感思，所創造出來的可共感的愉悅。

## 二、老子生命精神中藝術創造的底蘊

在前文「生命之熱——悲天憫人的宇宙情懷」中，我們指出：老子哲學之價值所在，乃在呈顯一精神主體之自由，此自由可開啓展現生命才情之美

---

〔註29〕吳澄，《道德眞經注》云：「申言善人之寶；善人以道取重於人，嘉言可愛，如美物之可以鬻賣；卓行可宗，高出眾人之上。」台北：廣文書局，1965年。

的藝術文學之門；而在對老子藝術精神的三點基本認識中，我們指出：老子是從「道」的自然無為、從個體生命如何求得自由發展的觀點，來面對美與藝術。此即就其「澹然獨與神明居」的生命精神中，內涵的藝術底蘊，在創造活動時所呈顯的智慧，作詮釋開發以明其價值所在。

### （一）還我童心與為「美」日損──離合引生的藝術創造

老子云：「我泊焉未兆，若嬰兒未咳」（《老子》二十章）、「恆德不離，復歸於嬰兒」（《老子》二十八章）、「聖人皆孩之」（《老子》四十九章）、「含德之厚者，比於赤子」（《老子》五十五章）。我們知道嬰兒是老子理想中的人格，然而，老子是取其大人者不失赤子之心的價值義，而非退返之事實義，老子希望我們持守固有素樸本真，就像未裁割的原木一樣，涵蘊未來無限的可能性，而不受名器的執取、情識的纏結、意念的造作困限了我們的心靈。

此種還我童心的價值義，在藝術之創造活動中，更顯其豐富的意義，因為兒童通常總是以極強的好奇心、和極高的注意力，去探索世界的形形色色，而感受了獨特而專屬於他個人的新奇印象，這種心靈直接把握個別事物之特性和真相的直覺能力，大有益於藝術之創造活動。然而，當我們接受過了注重事實、度量、分析與概念的教育之後，就慢慢喪失了這種可貴的原有能力。無怪乎老子要說：「為學者日益，聞道者日損，損之又損，以至於無為。」為學、教育是經驗的進路，它可以使我們增加概念性的知識，而利便於我們的思想、行動與生活。可是，一旦我們只留意於代表事物的概念性（好比標籤）的知識，而忽略了事物的本身，卻反而會使我們所觀、感的世界，為之減色不少。

因此，老子所提出的「聞道者日損」的超越進路，其深意在希望我們把妨礙直覺的概念性塵染拂拭掉，直接照見事物本身，我們可說老子還我童心之藝術義蘊是：「為學者日益，為美者日損，損之又損，以至於藝術」〔註30〕──離合引生的藝術創造──把抽象思維曾加諸我們身上的種種偏減縮限的形象離棄，重新擁抱原有的具體的世界，來從事藝術的創造活動。亦即，不必經過抽象思維那種封閉系統所指定的「為」，一切可以依循我們的原性完成；不必刻意地用「心」，我們可以更完全的應和那些進入我們感觸內的事物；把概念化的界限剔除，我們的胸襟完全開放無礙，像一個沒有圓周的中

---

〔註30〕以上參酌劉文潭，《新談藝錄》中之妙解，台北：中華書局，頁56。

心，讓直覺可以重新自由穿行、活躍地馳騁，而使心靈在會物感思時，發揮其創造的活力。

值得注意的是，老子還我童心之藝術的直覺，並非僅止於如兒童般之生發於事物之驚奇和無知的感觸，而是借兒童們的眼睛來觀看事物，其中充滿著深刻而豐富的人生經驗之滲透和了悟。故這種深化過的直覺，可以使我們在平凡中見出新奇與美感，而滋養於藝術底創造活動。

### （二）在想像中產生滿足的創造活動

老子理想中的美麗世界是「小邦寡民，使十百人之器毋用，使民重死而遠徙。有舟車無所乘之，有甲兵無所陳之。使民復結繩而用之。甘其食，美其服，樂其俗，安其居。鄰邦相望，雞狗之聲相聞，民至老死不相往來。」（《老子》八十一章）這是老子所懷之理想的投影，其中所描繪的即是老子所作之價值的肯定。老子的理想國並非倒車開回原始的部落社會，而且也不在量上言，而當在心境上說，它是對當時列國政局之統治權力的氾濫，與功利社會之物質文明的爛熟所作的反動。老子所激賞的價值是一個無造作機巧，生命內在自足，心境甘美安樂自在，精神相照相知，兼具自我的獨立與整體的和諧的素樸社會。

這些通過語言所傳達出的價值肯定，是老子把想像表現在具體的作品，它滿足於老子所懷之理想的投影，這在藝術的創造活動中，有其特殊的義蘊。想像總是不能缺少具體的事物作為它的依托的，因為具體事物與想像事物間的相似性，可給予想像以有力的支持，又因為想像的素材是既有經驗之全部領域，包括感覺、意義以及心象，而想像意涵感覺的形相以及形相寓涵的意義，所以，在想像之中，感覺的形相與觀念或意義是同等重要的，它們可以使心靈的企求找到寄託，亦能在不同的時間之中，再生於眾多的心靈之內，而產生愉悅靈魂的滿足，形成美感的經驗。亦即藝術家經由藝術的創造作品，表現那些他所激賞的價值，而人們可以經由欣賞體現在作品中的價值，在想像中得到品味和享受那些價值的滿足。

老子為「美」日損後的純粹直覺，經由會物感思後，在想像中所產生的滿足，其所擁有的自由與獨特性，可以和夢境媲美，因為它們同樣是由創造而來的，也同樣地熱衷於具有直接性的事物，然而，不同的是，這種在想像中產生滿足的藝術創造活動，如同老子哲學智慧重實踐的性格一樣，它是關乎價值的活動，亦即它是隨時準備被同類的心靈所分享的。老子云：「吾言甚

易知也，甚易行也」（《老子》七十章），就因爲老子想要使他所體會到的智慧遍爲人知，才會發而爲五千言的《道德經》，他希冀別人亦能分享他在反樸歸眞後，所感受、發現到事物的眞相與樂趣。所以，此種在想像中產生滿足的創造活動，與夢之私有封閉性不同，它在一個絕對孤獨與沈默的世界裡，是根本無法生存下去的。

### （三）空納空成──無私、自由、主動的創造性

老子指出，聖人之德乃在法「道」之「生而弗有也，爲而弗恃也，長而弗宰也。」這裡的生、爲、長乃是「無生之生」、「無爲之爲」、「不主之主」〔註31〕，亦即聖人「能輔萬物之自然而弗敢爲」（《老子》六十四章）的不含絲毫的佔有性，讓萬物的自發性（Spontaneity）在「不塞其源、不禁其性、不吾宰成」〔註32〕的原則下，自由發展，此種「無爲」卻能涵孕「無不爲」的空納空成，在藝術創作的過程中，有其「虛而不屈，動而愈出」（《老子》五章）的迷人異采。

藝術的創作精神，就老子而言，是當我們在爲「美」日損之後，在重獲我們原性的純粹直覺的意識狀態中，去直接把握事物的眞相，以我們清晰明確的直覺去面對萬物，把感知所得的純粹內容納入創作的系統中，而不加任何既成情識的造作干擾，亦即以一空靈的心境去接納萬物的本相，當中不摻雜「成心」、「有爲」的目的色彩，不涉及欲望，特別是佔有欲，不關心對象是否眞的存在（沒有智心的分判運作）。換言之，這是一種「無私」的藝術創作（所謂「無私」並不是對事物本身不感興趣，只是不對它發生帶有任何私欲、無關乎利害的興趣）。

如此一來，由感性欲望而來的情緒渲染；和由知性成見而來的邏輯分析，俱泯在爲「美」的日損中，既是主體自由無限之自然心靈，又是客體物物各在其自己的眞實。老子澹然的藝術精神，便是在於表現這一「道」的境界，因此，這種藝術精神的創作，不以個人之情欲成見，以及在此情欲成見觀照下之宇宙爲其表現之究極。它以個體生命爲基礎，卻能超越個體生命，而提昇到普遍生命的境域。

我們試舉王維的〈鳥鳴磵〉與〈辛夷塢〉兩首詩作爲實例，以明老子此種「空納空成──無私、自由、主動的創造性」之藝術創造的精神：

〔註31〕牟宗三先生語，參見牟宗三，《才性與玄理》，頁141。
〔註32〕王弼，《老子微旨例略》，收于《王弼集校釋》，台北：華正書局，1981年。

人閑桂花落，夜靜春山空。

月出驚山鳥，時鳴春澗中。（〈鳥鳴澗〉）

木末芙蓉花，山中發紅萼。

澗戶寂無人，紛紛開且落。（〈辛夷塢〉）

在這兩首詩中，景物自然發生與演出，作者毫不介入，既未用主觀情緒去渲染事物，亦無知性的邏輯去擾亂景物內在生命的生長與變化的姿態。在這種觀物的感應形態之下的表現裡，景物與欣賞者之間的距離縮短了，因為作者不介入來對事物解說，他在「我」的基礎上，超越了「我」，使「我」的個別生命渾融於宇宙整體的生命中，是故不隔，所以，作者是向欣賞者開放了一個，可以讓他們自由無限地、直接主動地去參與這項美感經驗的創造。

## 三、「意聲相和」——老子對藝術品之透視

老子在描述「道」之性格時，曾比之如「意、聲之相和也」（《老子》二章），此一提點，透視了藝術品之組成元素，也道出了老子對藝術品之看法。語言文字乃是老子用以表達思想的媒介，而我們知道，中國文字不是拼音文字，它並不代表語言，中國語言構成之要素是形、音、義。而這三大要素中，又以「義」為究極目的。形與音，都只是它發表的方式。以「形」發表，即是文字，但它的「形」只是一種表示意義的符號標記。在語言的範疇中，文字自身的形象不是究極的目的，沒有獨立存在的價值。中國獨特的書法藝術可算是語言功能的一種變相，使文字的形象脫離意義而獨立，達到視覺上的美感效果，所以它與繪畫同科，不與文學同類。至於語言中的聲音和音樂也不一樣，音樂評論家漢斯里克（Eduard Hanslick 1825～1904）在《音樂中的美》一書即指出：「在語言中的聲音只不過是一種標記，也即是為了達成表現某種事物的目的所採用的手段。在這種情形之下，被表現的事物和表現它的媒材完全是兩回事；在音樂中的聲音則是目的，它便是最後的，也是絕對的目標。」〔註33〕有了以上的認識後，我們再回過頭來詮釋開發老子對語言媒材和藝術與媒材、形式、表現之間的關係之看法。

### （一）藝術與媒材

老子對中國語言的認識是「意」、「聲」相和，可見老子以為文字的「形」

〔註33〕中譯引自劉文潭，《現代美學》，頁118。

是透過我們發出的「聲」音來表達我們心志的意「義」，亦即文字的「形」，是透過語言的交通，傳遞彼此心志的意義，才顯其效能的。老子講「道」傳「道」，以為「有」、「無」是相輔相成的，就如「意」、「聲」之相輔相成一樣，故老子云：「道之為物，惟恍惟惚，惚兮恍兮，其中有象，恍兮惚兮，其中有物」（《今本老子》二十一章），老子是肯定形上之「道」必須要靠形下之物的具現，才能成就其德的，故其藝術精神之精義，亦須有語言文字的傳達，才能表現出其所要表現的價值，這對老子發而為五千言之《道德經》來說，語言的媒材是必須。

然而，老子對於語言傳達心意的媒介功能，所抱持的看法是：不充分卻是必要。不充分，是因為語言實乃人為後設的產物，容易介入人為造成的限指性及權暫性，老子云：「道，可道也，非恆道也，名，可名也，非恆名也」（《老子》一章）──經過人為的限定、分別、組織的名言中的世界，絕非恆常的自然世界。因此，老子對於媒材的處理原則應是：「微妙玄通」（《老子》十五章）：

1. 在創作方面：要消除運作技術上的障礙，與媒材保持一種主動的關係，使媒材充分地發揮其媒介功能。
2. 在欣賞方面：不停滯、不受限於媒材表面的現象或意義，能夠超越它，而通達媒材之外，所無限包容的境界。

老子所品味激賞的價值，要透過《道德經》的既成作品來傳遞，媒材與藝術之間的關係，對老子而言自有其不可或缺的意義，它使老子的藝術精神之價值，提供了可以為後代不同地域的人們所分享底可能性；它使老子通過想像世界的自由創造，為他的希望找到了寄託，為他的問題尋得了答案；它使得藝術之想像的自由創造，提供了必須表現在可感覺得到的具體的事物之中的基礎，而使藝術具有了社會性，使藝術之美和藝境能在不同的時間之中，再生於眾多的心靈之內。

### （二）藝術與形式

老子以為「道」之有如「長短之相形也，高下之相盈也，意聲之相和也」。「道」之作用可以在萬物身上顯，它可具現於形下的器物，而有長短、高下、意聲等種種形式與內容。而老子又云：「道之為物，惟恍惟惚，惚兮恍兮，其中有象；恍兮惚兮，其中有物。窈兮冥兮，其中有精；其精甚真；其中有信。

自今及古〔註34〕，其名不去，以閱眾甫。吾何以知眾甫之狀哉！以此。」(《今本老子》二十一章)

　　可見老子以為「道」之內涵的「精」義，須透過「物」質的媒介和具「象」的形式，才能真有其「名」的。因此，其藝術精神的義蘊，就藝術品而言，是質（媒材）、形（形式）、意（內容）三者合一的。也唯有如此，其藝術精神的精義，才能「以閱眾甫」——讓天下人通過藝術品去品味、享受、印證、體會其所激賞的價值。

　　對於藝術與形式之間的關係，於此透顯了其無分形式與內容之有機整體性（orgain unity）的洞見，亦即藝術之創造和欣賞活動與藝術品三者之間，相輔相成密不可分，共同照明了藝術的園地。

　　關於形式的處理原則是：

1. 在創作方面：「意聲相和」——藝術家選擇最適於他表現意境的媒材（聲音、色彩、線條等）之後，以內在和諧的形式加以組合，亦即使各部分之間在整體之內構成相關的和諧（和諧是老子根源於人性底主觀原則的價值基礎）。

2. 在欣賞方面：「大象無形」(《老子》四十一章)——藝術品的形式與內容，在藝術品或藝術品的經驗（意指進行藝術的創造和欣賞活動）之中，本是無分彼此的（內容與形式同一），我們之所以會指稱藝術品的「內容」與「形式」，乃是當我們在進行藝術的解釋和批評活動時，憑著反省與分析所得的結果，因此，在欣賞活動中，要先有藝術品是大象「無形」——其中並非有獨立而存的「形式」——的通觀全覽。

## （三）藝術與表現

　　前文指出，在老子藝術精神洞見下的藝術品，是內容與形式不分之整體，而藝術品既然不能缺乏內容，就不能缺乏表現性了。老子云：「吾言甚易知也，甚易行也」，五千言的《道德經》，就是老子具備了宗教家「淑世」襟懷的傳道表現，前文「在想像中產生滿足的創造活動」中指出，藝術之與夢之偶發、私有、封閉性不同，乃在它是把想像表現在具體的事物之中，而為

〔註34〕據《帛書老子》校勘，今本「自古及今」應作「自今及古」，因為「其名」是指道的名。「道」這個物，是古時就有。「道」這個名，是老子今天給的。用「道」的名以稱「道」的物，是用今天的名以稱古時的物，故據改。台北：河洛出版社，1975年，頁101。

可感覺得到的形式的；在「藝術與媒材」中，我們亦指出，老子對於語言傳達心意的媒介功能，所抱持的看法是：不充分卻是必要。亦即雖然我們無法百分之百地把握到別人所傳達出的觀念、思想與情感，但並不能因此就否定了人類有共感的心能，否則知識與情感的傳達就成為不可能了。同理，即使我們無法百分之百地在藝術品中，體得與藝術家相同的情感，我們也並不能就此否定了藝術品有傳達情感的可能性了，而藝術品有傳達情感的可能，即是它有所表現。

藝術家所表現的，乃是他所認為值得表現的，他希望為別人建立些東西，他希冀別人亦能在他所感受到的事物中，發現到相同的價值與樂趣，這價值與樂趣是來自於一個有感於此價值與樂趣的心靈所創造的，亦即創造不能缺少從事創造的心靈，價值與樂趣亦不能脫離有感於此價值與樂趣的心靈，亦即它是人類精神活動的產物，整個藝術活動的創造、欣賞與批評都是一種社會性的活動，社會性以可以公開而彼此交通為原則，因此即使藝術家無法把他所認為值得表現的美感與藝境，完全表現在藝術品中，也並不等於他無所表現。

在以上我們揭露了老子肯定藝術與表現之間的關係後，接下來我們再來看老子澹然的藝術精神中，藝術的表現形態，我們之所以要先析論出「相應」於老子哲學思想的生命精神，是因為老子的藝術精神，乃在由主體心靈的修養工夫上開顯，亦即他是從實踐體證而來，所以它是生命的，是個體生命即有限的形軀，通過修養工夫而逐步開顯其精神可自由無限的境界，這種境界，對老子而言即是所謂的「見道」，「道」是老子藝術精神所要表現的境界，此一境界具有主客合一而超越主客之性格，因此它不以個人之情欲成見，以及在此情欲成見觀照下之宇宙為其表現之究極。它以個體生命為基礎，卻能超越個體生命，而提昇到普遍生命的境域。因此老子藝術精神的表現形態，可以說是精神境界的表現形態。亦即一種藝術家將審美體驗、情趣、理想與經過提煉、加工的生活形象，融為一體後所形成的藝術境界——「意境」的表現形態。

而最能表現此「意境」形態的藝術，是中國的山水畫和田園詩，此所以程兆熊教授會發「巴比倫的懸園（Hanging Garden），埃及的金字塔，中國的萬里長城，這是歷史上的三大奇蹟，而希臘的雕刻，德國的音樂和中國的山水畫，則是人類精神上三大奇觀」、「中國的山水畫，骨子裡會是中國的田園

詩，中國的田園詩，形相上會是中國的山水畫。」〔註35〕之慧見了。

## 四、「自然」的藝術欣賞與批評

　　誠如劉文潭教授所言：「如果我們對藝術家趨向於理想的衝動無以體會；對他們心嚮往之的境界無以感觸，單靠他們實現在藝術品之中的知覺，顯然是不夠的。」、「要想眞正地了解藝術，藝術的現實與理想必須是兼顧並重的。」、「透過了藝術批評的指點，我們固然能夠更加充份地了解藝術之現實的一方面；但是，唯有透過了對於藝術批評本身的考察，我們纔能充份地認清藝術之理想的一方面。」〔註36〕亦即藝術「創造的目的是爲了贏得欣賞，而批評的目的是爲了幫助欣賞」、「所以將批評視作創造與欣賞二者之間的橋樑，可以說是十分正確的」。〔註37〕

　　有了以上的認識後，詮釋開發老子藝術精神中，藝術欣賞與批評的看法是必要的，茲分述如下：

### （一）「自然」的藝術欣賞──主客合一的審美態度

#### 1.「滌除」：先使對象孤立

　　老子云：「滌除玄覽，能無疵乎？」（《老子》十章），「滌除」就是洗除垢塵，亦即洗去人們的各種主觀欲念、成見和迷信，恢復原性的純淨清明來直接面對事物。此時，我們眼中心中，除了此一對象之外，別無他物。不作分析，也不作比較，把對象孤立起來，斷絕它和一切事物的關係，不在於推斷事物的前因後果，而在於顯現當下的狀況，以直覺直接把握事物的眞相。

#### 2.「玄覽」：而至「以物觀物」〔註38〕

　　老子云：「以身觀身，以家觀家，以鄉觀鄉，以邦觀邦，以天下觀天下」。老子澹然的藝術精神，是以主體精神修養爲基礎，所以當主體消解了心中的

---

〔註35〕參見程師兆熊，〈中國田園詩的精神〉，原發表於《人生雜誌》十四卷三期，1957年6月，後收於《中國古典文學論文精選叢刊》（詩歌類），台北：幼獅文化，1980年，頁449。

〔註36〕參見劉文潭，《美學與藝術批評》之〈自序〉中，台北：環宇出版社，1972年，頁2～3。

〔註37〕參見劉文潭，《新談藝錄》，頁190。

〔註38〕語出邵雍，《皇極經世》，卷十一，〈觀物篇六十二〉云：「聖人之所以能一萬物之情者，謂其聖人之能反觀也。所以謂之反觀者，不以我觀物也。不以我觀物者，以物觀物之謂也。既能以物觀物，又安有我于其間哉？」

種種情識造作後，以直覺把握孤立的對象，此時，物我之間的距離已然消解掉，而無任何雜染，則觀物者雖是我，其實卻是從物之自然本性上去觀物，突破了以「我」觀物，而至「以物觀物」——主客自由換位的超越視境。

### 3.「自然」：臻至主客合一之境

經過了前述兩個階段的超昇之後，此時，就主體而言，是在消解了一切情識造作之後，無任何之紛擾，他眼中心中所直覺之對象已然孤立化，是故乃以自然之道心觀物；而就客體而言，既已無我人情識造作之心的塵染阻隔，則此時對象無非是它「即自存在」〔註 39〕的「自然」呈現——藝術家體現在作品中的美感與藝境。因此，以主體之「自然」我融入客體（藝術品）之「自然」的美感與藝境中，這主客二方面，皆是以究極之「自然」相交感，而臻至主客合一之藝術共感的美境。此爲藝術欣賞之最高的境界。

### （二）「自然」的藝術批評——有我而不知其有我的評價標準

老子云：「道法自然」，「自然」是「道」最主要的性格，因此老子澹然的藝術精神以「自然」爲最高的藝術境界。歌德（J. W. Goethe, 1749～1832）曾說：「藝術家對於自然有著雙重關係：他既是自然的主宰（按：此自然可稱爲「第二自然」），又是自然的奴隸（按：此自然可視爲第一自然）。他是自然的奴隸，因爲他必須用人世間的材料來進行工作，才能使人理解；同時他又是自然的主宰，因爲他使這種人世間的材料服從他的較高的意旨。」〔註 40〕

在前文「當代老學『創造性詮釋』系統的研究成果」中，我們指出，老子的「道」是存在界的價值理序，因此「道」的「自然」性格，是主體修證出的一種心靈境界，所以，在老子澹然的藝術精神涵義下的「自然」，便是上述的「第二自然」。亦即是藝術家自身自然而然地把自己貢獻給美、給藝術。而老子所欣賞的和用以品評藝術之高下的「自然」，也只允許我們把我們自身自然而然地貢獻給美、給藝術。

然而，在藝術實踐中，想完全體現和把握純粹直覺所得之「自然」的美感與藝境，往往受制於主體的心靈修養工夫和對媒材運作的主宰能力之渾然與否，因此自是十分困難，而致使藝術之表現有境界高下之分。老子藝術評

---

〔註 39〕Ansichsein 語出黑格爾，《精神現象學》之〈序文〉，中譯引自傅偉勳，《西洋哲學史》，台北：三民書局，1981 年，頁 464。

〔註 40〕語出愛克曼輯錄，《歌德談話錄》，中譯引自朱光潛編譯，《西方美學家論美與美感》，台北：丹青出版社，1983 年，頁 225。

價的標準，便在於以「自然」之純、熟與否爲審美與評價的判準。就純而言，乃在此美感與藝境是否純出於主體直覺事物眞相之所得，還是間或雜有塵染，而以純者爲高，雜染爲下；就熟而言，乃在主體體現此直覺所得之美感與藝境，在媒材運作之主宰能力與表現能力，以心、手、媒材合一之熟練而看似「自然天成」之表現爲高，反之生拙者爲下。

明乎老子澹然的藝術精神中，藝術欣賞和批評的審美態度與評價標準後，對於中國傳統藝術中，由老莊此一系統所開出的文學（如中國山水田園詩中，「以物觀物」的主客自由換位的表現方式）和藝術（如中國山水畫的不用定點透視，而多採散點透視、或迴旋透視的表現手法；與夫水墨的著色、用筆、留白；書法的虛實結合；戲曲舞台的刁窗；中國園林建築的山水佈景；宋瓷的素彩；書畫的手卷等等）的表現形態，當會有更深入的品味和體驗，這對增進吾人之美感經驗，領會人生之價值，相信是有所裨益的。

# 第三章 陶淵明「悠然」的生命與藝術精神

　　本階段回答陶淵明的藝術精神「是什麼？」，亦分前後兩部分以明之：即(1)理出相應於陶淵明思想真義的生命精神；(2)詮釋開發陶淵明悠然的藝術精神。而以後半部為我們研究的重心。

## 第一節　陶淵明的生命精神

　　陶淵明（372～427）〔註1〕，這位中國描寫大自然的聖手，這位震古鑠今的偉大詩人，其「採菊東籬下，悠然見南山」（〈飲酒之五〉）之佳作，已成千古名句而以「自然」見譽〔註2〕，誠所謂：「在世界談文學，不能不談中國詩，在中國談詩，不能不談陶淵明。田園詩是中國的特產，而陶詩則是中國田園詩的典型。」〔註3〕的確，陶淵明不但是中國田園詩派的大宗師〔註4〕，其人

〔註1〕 此生卒年壽據孫守儂，《陶潛論》，參酌歷來各家所據之長，而考訂出的最合理壽年為本。台北：正中書局，1978年，頁22～50。

〔註2〕 王國維在《人間詞話》摘出陶詩之「採菊」兩句，作為「無我之境」的例子。參見何志韶編，《人間詞話研究彙編》卷一之三，台北：巨浪出版社，1975年。不過，淵明之「無我」是心靈之「自然」，是有我而「不覺知有我」的「無我」之境，與王國維言創作時不同的物我關係處理態度之「無我」不同。

〔註3〕 程師兆熊，〈中國田園詩的精神〉，收於《中國古典文學論文精選叢刊》（詩歌類），頁449。

〔註4〕 田園之詠，始於《詩經》〈鴇羽〉、〈七月〉，漢世民歌亦有小麥、江南之農謠（本潘銘燊，〈略論陶淵明田園詩〉），漢張平子有〈歸田賦〉、至潘安仁有〈秋興賦〉。但詩之不僅為田間景，且為生活與情感之自然結合，又為作者之親身體驗者，則應至陶淵明方具。

格超邁，詩文高絕，千載而還，殆成定論，我們從陶詩之研究已成顯學〔註5〕，可見一斑。

　　淵明之所以異於流俗，而成其偉大者，乃在於其不朽之作品，出於不朽之人格。因此，我們詮釋開發淵明之藝術精神，就得先探索其生命精神之底蘊。茲就當代學術史上，已建立的各種陶集的詮釋系統中，客觀的資料與研究成果，以「創造性的詮釋」，理出「相應」於淵明思想特質的生命精神，作為我們詮釋開發陶淵明悠然的藝術精神之基礎。

## 一、當代陶集「創造性詮釋」下的研究成果

　　歷代解陶的著作，可說汗牛充棟〔註6〕，唯陶集文體省淨，諸家視點難免囿於一察之見，致使淵明詩文底靈魂，抹上了歷史的迷霧。所幸，當代各種解陶的詮釋系統，已逐漸明顯成型，而給予我們系統對比研究的利便。我們以「創造性的詮釋」方法，透過當代陶集的各種詮釋系統，即(1)梁啓超先生之「個性批評」進路〔註7〕；(2)郭銀田先生之「田園詩觀」進路〔註8〕；(3)蕭望卿先生之「作風字句批評」進路〔註9〕；(4)李辰冬先生之「意識境界」進路〔註10〕；(5)黃仲崙先生之「學統中心」進路〔註11〕；(6)孫守儂先生之「風格形態」進路〔註12〕；(7)沈振奇先生之「比較文學」進路〔註13〕等的系統對比反省之後，先訴諸一致性的原則，再以「理論還原」到作品之中，提昇到歷史的客觀性層面後，理出了如下的成果：

### （一）陶淵明所面對的「存在」課題——亂世人心的自求解放

　　我們從(1)陶淵明的質性自白：①性剛：陶詩〈與子儼等疏云〉：「性剛

---

〔註 5〕 依沈振奇，《陶謝詩之比較》所引之主要參考書目一、陶詩部份，從中國元·李公煥《箋註陶淵明集》到英人 James Robert Hightower 之 *The Poetry of Tao Chien* 就有六十八本研究專輯，可見一斑。參見沈振奇，《陶謝詩之比較》，台北：學生書局，1986 年，頁 211～216 所錄。

〔註 6〕 參見沈振奇，《陶謝詩之比較》所引陶詩的參考書目。

〔註 7〕 參見梁啓超，《陶淵明》，台北：中華書局，1956 年，頁 1。

〔註 8〕 參見郭銀田，《田園詩人陶潛》之〈導論〉，台北：三人行出版社，1974 年，頁 1～7。

〔註 9〕 參見蕭望卿，《陶淵明批評》，朱自清〈序〉。

〔註 10〕 參見李辰冬，《陶淵明評論》之〈自序〉，台北：中華文化，1956 年。

〔註 11〕 參見黃仲崙，《陶淵明評傳》，任卓宣〈序〉，台北：帕米爾出版社，1965 年。

〔註 12〕 參見孫守儂，《陶潛論》，〈自序〉。

〔註 13〕 參見沈振奇，《陶謝詩之比較》，〈自序〉。

才拙，與物多忤」；②自然：〈歸去來兮辭〉序云：「質性自然，非矯屬所得
〈歸園田居〉云：「少無適俗韻，性本愛丘山，誤落塵網中，一去三十年…
久在樊籠裡，復得返自然。」(2)陶淵明所處的時代背景與生活環境的考察
果：①異族陵轢與內亂相尋；人性的覺醒與個性價值的追求〔註14〕；②作
生命的沒有保障；貴族當政；釋道思想的發達〔註15〕。測定出淵明在面對
晉末年的混亂時代，由於其性剛（所以不能和庸俗妥協）與自然（所以他
對人爲的造作，爲自由而奮鬥），故其所面對的「存在」課題乃在，亂世人
的自求解放。

　　然而，在東晉亂離的時代裡，以淵明的質性，到那裡去實現這種自
解放的生活理想呢？此時，聖潔曠放的大自然，正符合滿足著淵明這種
求，而成爲理想的福地了。在從人間世邁向大自然的回歸裡，淵明不僅發
到人性的高貴，個性的價值，實現了人格自由解放的願望，同時也涵養
淵明對田園山水之美的欣賞，孕育出了最能代表中國「自然」詩作的美感
藝境。

　　（二）陶淵明的思想特質——多元統一的「陶淵明型思想」〔註16

　　我們從陶淵明的思想淵源之考察結果：

　　1. 家族的傳統〔註17〕

　　承先祖「天下有道則仕，無道則隱」之觀念，與任眞自得之性格。

　　2. 儒家的學範〔註18〕

　　證諸詩文如〈雜詩〉云：「憶我少壯時……猛志逸四海」；〈癸卯歲始春
古田舍〉云：「先師有遺訓，憂道不憂貧」；〈飲酒〉詩云：「少年罕人事，
好在六經」等，儒家之樂道苦節。

〔註14〕據郭銀田的考察結果。參見郭銀田，《田園詩人陶潛》，頁10～15。
〔註15〕據李辰冬的考察結果。參見李辰冬，《陶淵明評論》，頁93～100。
〔註16〕語出孫守儂。參見孫守儂，《陶潛論》，頁51。
〔註17〕持此見解者有梁啓超（氏著《陶淵明》，頁2～3）、蕭望卿（氏著，《陶淵明批
　　　　評》，頁19）、李辰冬（氏著《陶淵明評論》，頁30～34）、孫守儂（氏著《陶
　　　　潛論》，頁57～58）等。
〔註18〕持此見解者有梁啓超（氏著《陶淵明》，頁5）、郭銀田（氏著《田園詩人陶潛》
　　　　頁146～161）、蕭望卿（氏著《陶淵明批評》，頁22）、李辰冬（氏著《陶淵
　　　　明評論》，頁35～36）、黃仲崙（氏著《陶淵明評傳》，頁14～21）、孫守儂（氏
　　　　著《陶潛論》，頁52）、沈振奇（氏著《陶謝詩之比較》，頁40）等，而以黃
　　　　仲崙最力主。

### 3. 道家的風骨〔註19〕

證諸詩文如：〈挽歌詩〉云：「死去何所道，託體同山河」；〈詠二疏〉云：「大象轉四時，功成者自去」；〈感士不遇賦〉云：「日天道之無親，澄得一以作鑒」、「抱朴守靜，君子之篤素」；〈自祭文〉云：「樂天委分，以至百年」；〈歸去來兮辭〉云：「聊乘化以歸盡，樂夫天命復奚疑」；〈神釋〉云：「甚念傷吾生，正宜委運去。縱浪大化中，不喜亦不懼」；〈歸園田居〉云：「久在樊籠裡，復得返自然」；〈飲酒〉詩云：「若不委窮達，素抱深可惜」，及〈桃花源記〉等，道家之恬淡自然。

### 4. 釋家的氛圍〔註20〕

證諸詩文如：〈歸園田居〉云：「人生似幻化，終當歸空無」；〈飲酒詩〉云：「吾生夢幻間，何事絏塵羈」等，釋家之空觀、不執著。

理出淵明在回應其時代的「存在」課題時，向傳統文化的溶液裡，汲取了儒家持己嚴正和憂勤自任的精神，追慕道家清靜自然的境界（卻並不走入頹唐玄虛），也染了點佛家底空觀、慈悲與同情。如此的多元而統一的思想形態，不能把它歸附於任何一家，而是他獨特鎔鑄出的特有型格，我們不妨稱之為「陶淵明型思想」──此即其思想之特質。

## 二、「相應」於陶淵明思想特性的生命精神
### ──「採菊東籬下，悠然見南山」

基於前述當代陶集「創造性詮釋」的研究成果，我們知道淵明的思想特質，是融合了傳統文化的精髓，而化流為生命之中的一種多元而統一的內涵。然而，這種生命精神並不是憑空而來的，它是淵明「生活在生活的本身」〔註21〕歷經了如下：(1)「猛志逸四海」；(2)「冰炭滿懷抱」；(3)「復得返自然」；(4)「不覺知有我」，四階段〔註22〕的心路歷程後，才發展成熟的。因

---

〔註19〕持此見解者有梁啟超（氏著《陶淵明》，頁5）、郭銀田（氏著《田園詩人陶潛》，頁161～176）、蕭望卿（氏著《陶淵明批評》，頁22）、李辰冬（氏著《陶淵明評論》，頁30～35）、孫守儂（氏著《陶潛論》，頁52）、沈振奇（氏著《陶謝詩之比較》，頁40）等，而以沈振奇力主淵明受道家之影響當在儒家之上。

〔註20〕持此見解者有梁啟超（氏著《陶淵明》，頁5）、郭銀田（氏著《田園詩人陶潛》，頁176～178）、蕭望卿（氏著《陶淵明批評》，頁22）、李辰冬（氏著《陶淵明評論》，頁38）、孫守儂（氏著《陶潛論》，頁52）等。

〔註21〕程師兆熊語。參見〈中國田園詩的精神〉，收於《中國古典文學論文精選叢刊》（詩歌類），頁454。

〔註22〕此四階段的分期參見李辰冬，《陶淵明評論》，頁52～72。

此，在探索淵明生命精神的底蘊之前，我們要先對這四個心路歷程，有著拾級而上的瞭解：

### （一）「猛志逸四海」

這是少年時期。由於淵明「少年罕人事、游好在六經」，所處的多爲觀念的世界，他有理想、有抱負、有熱忱、有豪氣。見之詩如〈詠三良〉、〈詠荊軻〉等，和〈擬古〉「少時壯且厲，撫劍獨行遊」、與〈雜詩〉「憶我少壯時，無樂自欣豫。猛志逸四海，騫翮思遠翥」，也都有所追敘。

### （二）「冰炭滿懷抱」

這是仕宦時期。淵明終日在矛盾衝突中過活。見之詩如「……懷役不遑寐，中宵尚孤征，商歌非吾事，依依在耦耕，投冠旋舊墟，不爲好爵縈，養眞衡茅下，庶以善自名」（辛丑歲七月赴假還江陵夜行塗口）、「園田日夢想，安得久離析？終懷在歸舟，諒哉宜霜柏」（〈乙巳歲三月爲建威參軍使都經錢溪〉），與〈始作鎭軍參軍經曲阿〉、〈庚子歲五月中從都還阻風於規林〉之二、和〈飲酒〉詩之十九的追述：「是時向立年，志意多所恥」，因何而恥呢？〈歸去來兮辭〉序云：「嘗從人事，皆口腹自役。於是悵然慷慨，深媿平生之志」，由於官場上的逢迎虛矯，與淵明性格不合，在眞風告逝，大僞斯興的人事中，「孰若當世士，冰炭滿懷抱」（〈雜詩〉）正是他這一階段的心靈寫照。

### （三）「復得返自然」

這是歸田後的怡然自得。見之詩如「方宅十餘畝，草屋八九間。榆柳蔭後園，桃李羅堂前。曖曖遠人村，依依墟里煙。狗吠深巷中，雞鳴桑樹顛，戶庭無塵雜，虛室有餘閒」（〈歸園田居〉），生活如此的恬適自在，內心充滿了「久在樊籠裡，復得返自然」的快意。「眾鳥欣有託，吾亦愛吾廬，既耕亦已種，時還讀我書。……歡然酌春酒，摘我園中蔬。微雨從東來，好風與之俱。汎覽周王傳，流觀山海圖。俯仰終宇宙，不樂復何如」（〈讀山海經〉），陶醉在耕讀之樂中。他如〈移居〉、〈丙辰歲八月中於下潠田舍穫〉等，洋溢著一片清美、豐實、眞趣的田園生活情景。是「我」復返到自然。

### （四）「不覺知有我」

這個階段的淵明，心靈與大自然產生了情感的交流與契合，完全進入了靜定和諧的狀態。淵明歷經了貧困的煎熬，苦難的磨鍊，加上淡泊的本性，

與釋道思想的浸濡，經過了淨化之後，生命的蛹子，終於破繭而出，融入於無限的宇宙之中，而達到一種有我但「不覺知有我」的境界。見之詩如「結廬在人境，而無車馬喧。問君何能爾？心遠地自偏。採菊東籬下，悠然見南山。山氣日夕佳，飛鳥相與還。此中有眞意，欲辯已忘言。」（〈飲酒〉）；他如〈形影神〉的三首哲理詩，「我」已不存，窮通、得失、生死也就都不足縈心了，所以他的〈挽歌詩〉、〈自祭文〉，能表現那麼從容、理智，而且有莊嚴的詼諧，這樣的境界，乃是由崇高的思想、人格與淵懿的學養所構成的。這便是淵明獨具的神貌，他不屬於任何一家，他只屬於他自己。

有了以上的認識之後，我們知道，淵明一生的最高理想，乃在於追求一個和諧的境界，而他的詩中所表現的，正是一個最具整體和諧的藝境，此即其獨特的生命精神。茲分從下述四個層面以明之：

### 1. 人生與自然的和諧

王邦雄教授曾云：「老莊成爲中國文學藝術的源頭活水，是通過魏晉而顯的。……魏晉成爲中國文學藝術空前風發的時代。……關鍵就在老莊只顯虛靜空靈，魏晉則玄理與才性結合，使老莊的智悟成爲美感品鑒的生命。陶淵明與謝靈運正是此一時代突顯道家生命的詩人，謝靈運的山水，是純美感的，生命不在其中；陶淵明的田園，則是生命的。謝靈運身在仕途宦海中，山水只是寄託；陶淵明不爲五斗米折腰，田園就是他的生活。由是而言，謝靈運與自然有隔，陶淵明則是無隔的。」〔註23〕

誠然，淵明與其他詩人最大的不同，是他將人生情趣與自然現象融合爲一，而表現出一種人生與自然的和諧境界。試看其「洋洋平澤，乃漱乃濯。邈邈遐景，載欣載矚。人亦有言，稱心易足。揮茲一觴，陶然自樂。」（〈時運〉），其中寫景抒情一片融融，把人生觀與自然景象相揉合，顯得眞切自然；再看其歸田後的家居生活情趣「斯晨斯夕，言息其廬。花藥分列，林竹翳如。清琴橫牀，濁酒半壺。黃唐莫逮，慨獨在余。」（〈時運〉），悠然自足的人生情趣與園林景物的自然風光相融，充滿了和諧的美感；「日入群動息，歸鳥趣林鳴。嘯傲東軒下，聊復得此生。」（〈飲酒〉），嘯傲自適的生活樂趣，不爲外物所役使，回歸自然的懷抱，如鳥之歸趨於山林，正是他所追求的人生與自然的和諧；「孟夏草木長，遶屋樹扶疏。眾鳥欣有託，吾亦愛吾廬……

---

〔註23〕王師邦雄，〈禪宗理趣與道家意境——陶淵明與王維田園詩境的比較〉，參見《鵝湖》一〇九期，頁14。

歡然酌春酒，摘我園中蔬。微雨從東來，好風與之俱。」（〈讀山海經〉），不但詩句寫得自然入妙，不見雕琢的痕跡，而且物我之間，都能各適其性，各得其所，把他陶情於自然的人生樂趣、表現得一片融洽，一片生機，充分寫出了自然與人生之間，生命現象的和諧。

這樣的生命情調與美感，對照目前世界的生態危機圖像，極有警醒作用。因爲，若依目前人類之生活方式、意識形態、以及因價值觀而導致的整個經濟結構觀之，在地球資源有限的前提下，必將以「毀滅」爲人類的結局，故必須以人類心態的改變爲先務。所以，淵明與老子此一講究人與自然和諧關係的智慧，在目前世界眞應重視之。

### 2. 物質與精神的和諧

在生活態度上，淵明對物質生活的需求，極爲淡泊自足，他雖生活於「環堵蕭然，不蔽風日，短褐穿結，簞瓢屢空」（〈五柳先生傳〉）的貧窮境遇中，卻還能「晏如也」，此種安之若素，甘之如飴的修養。除了得自儒家「先師有遺訓，憂道不憂貧」、「歷覽千載書，時時見遺烈。高操非所攀，深得固窮節」（〈與仲弟敬遠〉）安貧樂道的教訓外，一方面是由於，他體現了在高度的精神生活與低微的物質生活之間，取得一種和諧平衡的調適修養。

此如「衡門之下，有琴有書；載彈載詠，爰得我娛。豈無他樂？樂是幽居，朝爲灌園，夕偃蓬廬。」（〈答龐參軍〉）、「耕織稱其用，過此奚所須？去去百年外，身名同翳如。」（〈和劉柴桑〉）、「藹藹堂前林，中夏貯清陰。凱風因時來，回飈開我襟。息交遊閑業，臥起弄書琴。園蔬有餘滋，舊穀猶儲今。營己良有極，過足非所欽。」（〈和郭主簿〉）、「弱齡寄事外，委懷在琴書。被褐欣自得，屢空常晏如」（〈始作鎭軍參軍經曲阿〉）等。對一切身外之物的淡然處之，對於物質生活的知足達觀，而能於彈琴、讀書等幽居的精神生活中；與灌園、耕織等勞動工作的平淡生活中，滿足於那種閒適自逸的情趣，而有無盡快樂的泉源。

### 3. 現實與理想的和諧

淵明於〈移居〉詩云：「衣食當須紀，力耕不吾欺」；於〈勸農〉詩云：「傲然自足，抱朴含眞」，衣食的需要是現實，率眞的人生是理想，這二者之間，淵明也調勻得十分和諧。他如「商歌非吾事，依依在耦耕，投冠旋舊墟，不爲好爵縈。養眞衡茅下，庶以善自名。」可見躬耕田畝，隱居養眞，原都是他的素懷，所以〈丙辰歲八月中於下潠田舍穫〉云：「貧居依稼穡，戮力東林

限。不言春作苦，常恐負所懷。」可見他是如此堅持著他的理想，而努力在現實的、勞苦的農耕生活中，謀取相互間的和諧。

他的努力正如「開春理常業，歲功聊可觀。晨出肆微勤，日入負耒還。山中饒霜露，風氣亦先寒。田家豈不苦？弗獲辭此難。四體誠乃疲，庶無異患干。盥濯息簷下，斗酒散襟顏。遙遙沮溺心，千載乃相關。但願長如此，躬耕非所歎。」（〈庚戌歲九月中於西田穫早稻〉）與「平疇交遠風，良苗亦懷新。雖未量歲功，即事多所欣。耕種有時息，行者無問津。日入相與歸，壺漿勞近鄰。長吟掩柴門，聊爲隴畝民」（〈癸卯歲始春懷古田舍〉）等。

不但寫出了田野的美景，更道出了耕作生活的快樂。可見他由堅持「抱朴含眞」的平生之志，到努力實現此素懷於現實的、勞苦的農耕生活中，已取得了相互間的和諧，是現實與理想完全融而爲一了。無怪乎方宗誠云：「陶公高於老莊，在不廢人事人理，不離人情，只是志趣高遠，能超然於境遇形骸之上耳」〔註24〕，「人事」、「人情」是現實；而「志趣高遠」是理想的超越，彼此非但沒有隔閡、排斥，而且交融成一片和諧。

### 4.內心與外境的和諧

淵明在經過仕途的一番矛盾的考驗與痛苦的煎熬後，云：「既自以心爲形役，奚惆悵而獨悲？悟以往之不諫，知來者之可追；實迷途其未遠，覺今是而昨非」（〈歸去來兮辭〉），毅然擺脫窒礙心靈自由的宦場生活，去追求他內心世界與外在世界的和諧平衡。而回到故鄉，回歸田園，就是在他的內心與外境一度失去平衡之後。所要努力去追求它們圓滿和諧的開始。

試看他歸田後的心境：「翼翼歸鳥，相林徘徊。豈思天路？欣及舊棲。雖無昔侶，眾聲每諧。日夕氣清，悠然其懷」、「翼翼歸鳥，戢羽寒條。遊不曠林。宿則森標。晨風清興，好音時交。矰繳奚施？已卷安勞？」（〈歸鳥〉），道出他歸田後不再出仕的決心，「晨風清興」與「好音時交」，正是透過外境與內心的和諧後，所產生的美境。而其歸田後的農耕生活是：「種豆南山下，草盛豆苗稀；晨興理荒穢，帶月荷鋤歸；道狹草木長，夕露霑我衣；衣霑不足惜，但使願無違。」（〈歸園田居〉），末二句即表明了其保持心境與外境和諧的心願。而此種心願是否實現了呢？

答案就在「結廬在人境，而無車馬喧；問君何能爾？心遠地自偏。採菊東籬下，悠然見南山。山氣日夕佳，飛鳥相與還。此中有眞意，欲辯已忘

〔註24〕清·方宗誠，《陶詩眞詮》，台北：藝文出版社影印，頁197。

言。」的代表作中，誠如王熙元教授所云：「只因詩人具有不爲物役的心靈，所以才有東籬採菊的雅致；正當採菊的時後，本來無意望山，偶然見山，因而悠然忘情，眞有幽遠的閒趣，一種逍遙自得的心意，彷彿超然遠出於宇宙人間之外。山嵐、飛鳥與詩人曠達怡然的心靈融合爲一，這種寧靜、和諧的境界，只可意會，不能言傳，所以淵明自己也說：『此中有眞意，欲辯已忘言』」〔註25〕。的確，這時淵明自我的生命，內在的心靈與外物、外境完全相融，所以才能達到這樣高超圓融的和諧境界。

　　以上所作的分析與詮釋，是將陶淵明的詩放在四個不同的層面上來透視，也就是從四個不同的角度，來看他在詩中所表現的生命精神，由此探討出淵明無論在人生情趣與自然情趣之間，物質生活與精神生活之間，現實人生與理想人生之間，或內在心靈與外在環境之間，都在不斷地謀取其和諧，也都達到了融洽和諧的境界。他一生的心理歷程、生活歷程，無非是追求一個和諧的境界，這就是他最高的人生理想。可見陶淵明是一位終身爲自己的理想而奮鬥不懈的詩人，所以在他的詩篇中，處處都有理想的和諧境界之展現，使他的作品在表現藝術與生命意趣上，產生融和無間的美，尤其將內在心靈甚至整個生命與作品融成一片，流露出無限的天機，這是陶淵明在文學上異常卓越的成就。

## 第二節　陶淵明悠然的藝術精神

　　在前文的考察中，我們理出了陶淵明在面對其時代的「存在」課題時，表現出了在人生情趣與自然情趣之間、物質生活與精神生活之間、現實人生與理想人生之間、和內在心靈與外在環境之間，一種極爲統一和諧的生命精神。我們可以說，在對人生解脫問題的探求上，陶淵明找到了他自己所特有的歸宿，並且以優美的藝術形式——陶詩——表現出來，締造了極高的藝術境界。茲分從美與藝術的創造、藝術品、藝術的欣賞和批評等四個向度，詮釋開發淵明所表現出的悠然藝術精神。

### 一、陶淵明對美的體會

　　我們在此採取直接面對作品——作者審美經驗的連續或藝境底體現——

---

〔註25〕王熙元，〈陶淵明的世界〉，刊於《中央副刊》，民國65年2月3日。

去尋繹分析淵明所體會到的美。

### （一）美不純是客觀事物所固有的性質

淵明在〈桃花源記〉中云：「夾岸數百步，中無雜樹，芳草鮮美，落英繽紛，漁人甚異之。」、「復行數十步，豁然開朗，土地平曠，屋舍儼然，有良田美池，桑竹之屬。」陶集中出現的「美」字凡八見七處，分別在〈和郭主簿〉、〈勸農〉、〈桃花源記〉、〈感士不遇賦〉、〈閑情賦〉、〈擬古〉、〈遊斜川〉等八篇中。而淵明在其「桃花源」的理想國中，就連用了兩個「美」字，由此透露出了淵明所體會到的美。

〈桃花源記〉是詩人對人間的失望後，在想像中所構造出的理想之境，淵明借漁人之目，把其所體會到的美體現在詩中，雖然「桃花源」中的世界，仍然不乏人間事物的形象，但淵明所體會到的美，並不具存於客觀事物之中，不是存於草地、池水之中所本具固有的性質，而是透過詩人感官之眼，將其觀照所得的經驗，在想像中賦予它們美的形象，而具體表現在詩中，因此，陶淵明所體會到的美，並不純是客觀事物所固有的性質。

### （二）美乃是出於人心觀照對象時所主動創造的

淵明在〈遊斜川〉詩云：「天氣澄和，風物閑美」，在〈飲酒〉詩云：「採菊東籬下，悠然見南山」。這「閑美」與「悠然」是淵明於實際的生活中所感得的。眾人皆知曉淵明在「採菊東籬下」時，「悠然見」到「南山」，這「悠然」是淵明詩作中最高藝境之美感，然而，淵明在〈庚子歲五月中從都還阻風於規林〉詩中，卻云：「延目識南嶺，空歎將焉如！」他想急於到家，可是被風阻於規林，抬起頭來望望遠處，知道南山就在眼前，然因風阻不能前往，這時見到南山的情緒是「空歎」，而不是「悠然」。顯然的，「悠然」是指精神的自在，是淵明心靈的形態，與南山直接照面，我悠然，南山也悠然；是心曠神怡，物我一如，不期然而然的一種超脫境界。

因此，這種美境，並不是天生自然的，不是人心處於被動的地位，接受來自外界的美。它是透過淵明心靈主動地構造活動，使感覺對象轉化成材的，因而，這種美，著有淵明自身的色彩或帶有淵明自身的個性，不能如王國維所言的是一種「無我之境」〔註26〕，有我而「不覺知有我」，才是淵明美底真相。因此，淵明所體會到的美，乃是出於人心觀照對象時所主動創造的。

---

〔註26〕參見何志韶編，《人間詞話研究彙編》卷一之三。

### （三）陶詩的自然之美

在前文「人生與自然的和諧」中，我門指出：淵明與其他詩人最大的不同，是他將人生情趣與自然現象融合爲一，而表現出一種人生與自然的和諧境界。證之詩如「種豆南山下，草盛豆苗稀，晨興理荒穢，帶月荷鋤歸」（〈歸園田居〉）；「日暮天無雲，春風扇微和」（〈擬古〉）；「歡然酌春酒，摘我園中蔬，微雨從東來，好風與之俱」（〈讀山海經〉）等不勝枚舉。劉文潭教授曾云：「我們中國人，在世界上確是一個最親近自然，也最懂得享受自然美的民族，而中國的藝術也是最足以表現自然美的」、「比如：有『田園詩人』之美稱的陶淵明即是」、「大自然的雄偉奇麗，往往出人意想，使人見了，不是驚嘆，便是陶醉！」〔註 27〕的確，淵明詩中所表現出的自然之美，便是詩人陶醉在日常生活的山水田園之中，而與大自然融爲一體了。

可見陶詩的自然之美，是經由淵明的心靈，在靜觀自然而覺其美之時，並不停頓在一般所謂的「自然美」（第一自然）的觀照中，只是儵然而來，儵然而去，以當下得到心靈的滿足而告一段落；它除了當下觀照的滿足外，還進一步要求創造的滿足，此即郭熙所謂的「欲奪其造化」〔註 28〕——將儵然來去的矇矓性格加以明確化；以藝術的心靈，進一步地把「自然美」轉化成爲藝術品，以藝術品來體現「自然美」（第二自然）。因此，陶詩的自然之美，已然著有淵明自身的色彩或帶有淵明自身的個性，他將田園山水有情化，把精神安頓在再創的自然之中，而與自己的精神融爲一體，同時使精神由此而得到解放，所以它是經過淵明的心靈所主動創作出的美感與藝境，與一般的「自然美」不同。

## 二、陶淵明生命精神中藝術創造的底蘊

在前述「陶淵明的生命精神」中，我們指出淵明的詩篇，處處都有整體的和諧境界之展現，使他的作品在表現藝術與生命意趣上，產生融合無間的美。茲就其生命精神在藝術創造過程中，所展現出的內在價值作詮釋與開發。

### （一）「閑情十願」——情感‧希望的滿足與藝術創造

淵明陶集中唯一涉及男女戀情的，只有〈閑情賦〉中之「十願」：「……願在衣而爲領，承華首之餘芳，悲羅襟之宵離，怨秋夜之未央。願在裳而爲

---

〔註 27〕 參見劉文潭，《新談藝錄》，頁 131～132、134、121 等。
〔註 28〕 宋‧郭熙，《林泉高致集‧山川訓》，引自《畫論叢刊》上，台北：華正書局。

帶，束窈窕之纖身，嗟溫涼之異氣，或脫故而服新。願在髮而爲澤，刷玄鬢於頹肩，悲佳人之屢沐，從白水以枯煎。願在眉而爲黛，隨瞻視以閒揚，悲脂粉之尚鮮，或取毀於華妝。願在莞而爲蓆，安弱體於三秋，悲文茵之代御，方經年而見求。願在絲而爲履，附素足以周旋，悲行止之有節，空委棄於床前。願在畫而爲影，常依形而西東，悲高樹之多蔭，慨有時而不同。願在夜而爲燭，照玉容於兩楹，悲扶桑之舒光，奄滅景而藏明。願在竹而爲扇，含凄飆於柔握，悲白露之晨零，願襟袖以緬邈。願在木而爲桐，作膝上之鳴琴，悲樂極以哀來，終推我而輟音。」

這段情愛的描寫，只是〈閑情賦〉中的一段，蕭統卻以爲「白璧微瑕，惟在閑情一賦」〔註29〕，非議淵明之高風亮節，吾人深表不然，誠如淵明於自序中所云：「將以抑流宕之邪心，諒有助於諷諫」（閑情賦并序），其實「十願」之發實另有所指，只不過淵明用的是文學上所謂「象徵主義」（Symbolism）之表現手法。淵明在東晉末年的亂離時代，目睹政治之險惡黑暗，社會之動亂不安，世風之混濁敗壞，民生之凋敝痛苦，既無力撥亂反正，復不願同流合污，所以在〈閑情賦〉中，以綺麗生動之文字，眞摯纏綿之筆調，大膽抒寫其對愛情之熱烈追求，讀之扣人心弦，而其眞正的用意，乃借追求愛情之失敗，以喻政治理想之幻滅。

因此，「十願」的藝術創作，乃在於淵明以昇平之治世爲理想中的主題，所激發出的想像，而造成藝術的壯觀。它滿足於淵明所熱衷的直接事物——和諧的社會——而以詩人的身分，道出了那個時代人們精神需求上普遍的心聲，〈閑情賦〉使淵明的希望得到滿足，使淵明的情感找到寄託，他以最能適應願望的想像，通過文字的媒介，經由象徵手法的表現技巧，而完成於作品之中，因此「閑情十願」之發，始於淵明想要達到與別人溝通感情的目的，而藉〈閑情賦〉的外在形跡，表現他自己的情感，他是藉著創造的活動，想要爲別人建立一些東西，並希望獲得共鳴與了解，他要使他的理想遍爲人知，才發而爲具體地創作的，是即一種傳達情感，滿足於希望的藝術創造。

（二）〈桃花源記〉——想像・價值的激賞與藝術創造

淵明生長於晉末南北朝時期，這也是中國歷史上政治最黑暗頹墮的時期，以一個生性豪放自由的生命，面對這種黑暗的大牢籠；其生發的情調，

---

〔註29〕南朝梁・蕭統，〈陶淵明集序〉，引自清・陶澍，《陶靖節集注》，香港：太平出版社，1965年。

除了是滿腹的厭倦、哀愴之外，企求解脫困限，返我自然本眞的原貌，成爲淵明生命中最急切的目標，然而他的解脫方式並非逃離人世，做一馳離塵世的隱士。相反的他且仍舊「結廬在人境」，將自己超脫的心靈返向於僕僕風塵的人世。然而在他的心目中，認爲足以困限的自由的牢籠是何物呢？正如林語堂所云：「他要逃避的僅是政治，而不是生活的本身。」〔註30〕

綜合淵明整幅生命的圖畫，最能表現他生命中整體性格的，要數〈桃花源記〉一文，「桃花源」一如老子的「小邦寡民」世界，同樣是一篇生命的超脫者的心靈自我獨白，老子以「小」、「寡」做爲自我追尋的理想，亦即理想中的一種存在的姿態；而淵明其思想某方面是受到老子的感染，而在「桃花源」中，更戲劇化的把老子「小邦寡民」的世界，加以小說式的描繪了一番。

試看「桃花源」中的世界：「夾岸數百步，中無雜樹，芳草鮮美，落英繽紛，……復行數十步，豁然開朗，土地平曠，屋舍儼然，有良田美池，桑竹之屬。阡陌交通，雞犬相聞。其中往來種作，男女衣著，悉如外人。黃髮垂髫，並怡然自樂。」

這是淵明所懷之理想的投影，在「桃花源」中，淵明表現了那些他所認爲值得他表現的事物——一個不離人間而極自由平等之「愛的社會」——洋溢著博愛、平等、自由、快樂、天眞、無飢寒，無榨取，流露著人性美的社會。這些是淵明具現在作品中所作之價值的肯定，亦即是淵明所激賞的價值。淵明以最直接關係於價值的藝術活動，來體現他所激賞的價值。這種活動把欲望引向內在的或虛設的事物之上，它在當下即得的經驗之中便可獲得滿足。然而，它仍有來自現實生活的觀念或意義，通過詩作的可感覺的形式之美來體現，因此它不是幻像式的空想，它的價值是可被人們共感的心能所分享的。是即一種通過可感覺的形式，體現其所激賞的價值，而在想像中滿足的藝術創造。

## 三、陶淵明詩作中所表現出的和諧形式

陶詩的藝境，在人生與自然的和諧、物質與精神的和諧、現實與理想的和諧、和內心與外境的和諧中，表現了一種滲透著生命精神的和諧之境，因此他的詩作中，充滿著生機與生意，這種在和諧中盈溢著生機的藝術精神，

---

〔註30〕參見林語堂，〈生活的藝術〉，收於《林語堂思想與生活》，台北：德華出版社，1982年，頁40。

是通過詩作的體現才傳達出的，因此，我們必須透視陶詩的本身，茲從陶詩的媒材、形式與內容兩方面，析論其所表現出的和諧形式。

### （一）陶詩的媒材

我們知道陶詩是以語言符號為基礎的藝術，如果沒有語言文字的傳達，我們便無法感知到淵明所體會到的美與藝境，因此，淵明的想像必須具現在作品之中，才能被我們所經驗到，否則就只能成為私人夢境中的幻想，而無法被我們所經驗到。然而，陶詩之所以能成為公開而可以被知覺到的對象，乃在於其所賴以傳達的語言文字，具有可以知覺得到的物質因素，此可被知覺到的物質因素便是聲音，所以通過它們才能將淵明的感情體現出來，因此，語言文字便是陶詩的藝術媒材，通過它我們才能想像或經驗到淵明所體會到的美感與藝境。

陶詩在媒材的表現上，極能發揮語言的物質因素——聲音——的可感覺效果。五言詩是陶集中把語言媒材運用得最精妙的部分，雖然它只比四言詩多了一個字，然而在聲調上，就容易委婉變化，可以接受高一點的音樂效果，而有迴環的餘地，試看其筆下的傑作：「山氣日夕佳，飛鳥相與還」、「凝霜殄異類，卓然見高枝」（〈飲酒〉）；「翩翩新來燕，雙雙入我廬」（〈擬古〉）；「白玉凝素液，瑾瑜發奇光」（〈讀山海經〉）等，沒有四言詩似鼓的節奏，和凝重蕭穆的氣氛，反倒清和婉轉流動，有著絲竹般的旋律，增添了輕鬆幽雅的情趣。

### （二）陶詩的形式與內容

陶詩的媒材是語言文字的聲音，然而這聲音即是有意義的聲音（語言）。試看其「採菊東籬下，悠然見南山」的詩句，當我們在唸這句詩時，它在我們心目中所展現出的是整體的意象，並沒有單獨存在著的聲音、和孤立絕緣的形式與內容。我們無法一方面只將詩的語言，孤立的抽離出來聆聽欣賞，而不在乎它的意義或內容；我們也無法僅見著詩的文字，而心中不響起文字的語音；我們更無法直接了然其意義或內容，而不通過語言符號的中介，如果以上皆是「可以」的話，那它僅只是孤立的聲音、抽象的字跡或莫名的內容，而不再是詩了。因此，它們事實上是一個整體的結構，而不是拼湊的組合，亦即它們是不容分割的一體。在我們吟詩的經驗裡，我們之所以能在心目中形成完滿的意象，乃在於這個整體有其足以激發我們心能產生共感的觸媒，因此，它不僅是一個整體，而且還內涵生機，亦即它是一個有機的整

體。我們之所以有媒材、形式與內容的分解，乃在於那是我們事後再反省這吟詩的經驗時，所作的概念式的析解，然而在它們——詩的本身——是從未分立的。

淵明「採菊東籬下，悠然見南山」的詩作，展現了詩人與自然的親和關係。是詩人在觀照南山時，並不受南山具體的形質所限（形質的本身即是一種偏限；精神在偏限中即不得自由），而把所觀照的南山，融入於主觀精神之中，而加以醞釀、鎔鑄，南山的各部分在詩人的醞釀、鎔鑄中，自然成為一有生命的整體，點染了詩人之情，詩人復以自己之情應之，而使南山與詩人，成為兩情相洽的整體，人與自然兩情相洽之處，是即詩人超越了世俗，而當下使精神安頓於山水自然之中，詩人不但把自然形質的偏限性破除掉了，同時也使主觀之精神超昇，這是陶詩中廣遠無窮的意義與內涵，陶詩既然有其如此豐富的內容，當然也就有其表現性了，淵明正是透過詩作的有機整體，以其主觀的價值根源之生命精神為基礎，表現了內心與外境的完全和諧之關係，這種均衡狀態下的關係，正是陶詩所表現出的和諧形式。

## 四、陶詩所滲透出的藝術欣賞與批評

陶詩具體地表現了淵明所認為值得品味和享受的價值，這些價值是淵明所激賞的而體現在詩的藝境中，因此他的詩已揉合著他對美和藝境的欣賞與批評了。

### （一）「心遠地自偏」——陶淵明藝術欣賞的審美態度

〈飲酒〉詩云：「結廬在人境」，山水田園不在人間之外，「而無車馬喧」，在人間又能遠離塵囂，此幾乎是不可能的，故以「問君何能爾」提問，答案在「心遠地自偏」。心遠就是老莊的修養心境，「致虛極，守靜篤，萬物並作，吾以觀復」（《今本老子》十六章）。心能虛靜，就是心遠，在虛靜心觀照之下，物皆如其所如的回歸物的自己。

淵明的偉大之處在於其不離人群而能有心靈的超脫。淵明雖處在人間世界的紛擾扭曲中，卻能站在某種距離來看人生，因此他能欣賞到人生的美，這種距離便是以藝術心靈去面對人生的審美態度。他首先使自己抽離了現實人生的利害關係之中——「結廬在人境，而無車馬喧，問君何能爾，心遠地自偏」；但並不與人生完全斷絕——「採菊東籬下」；此時，以我們未見事物之利的藝術心靈——「悠然」——直接照見事物本身的真相「見南山」；並把

我們心靈沈入孤立的對象之中，把山水有情化，而同時使我們的心靈安息於對象之中，而但見事物之美──「山氣日夕佳，飛鳥相與還」。此種美感與藝境，便是出於淵明「心遠地自偏」的藝術心靈之審美態度。

### （二）「不覺知有我」──陶淵明藝術批評的審美判準

在前文我們曾指出，淵明的心路歷程，歷經了「猛志逸四海」、「冰炭滿懷抱」、「復得返自然」之後，而臻至「不覺知有我」的境界，在這個階段中，成就了淵明極高的創造藝境之表現，見之詩如：「採菊東籬下，悠然見南山」；「日送回舟遠，情隨萬化遺」（〈於王撫軍座送客〉）；「鳥哢歡新節，冷風送餘善」、「平疇交遠風，良苗亦懷新」（〈癸卯歲始春懷古田舍〉）；「淒淒歲暮風，翳翳終日雪。傾耳無希望，在目皓已結」（〈癸卯十二月中作與從弟敬遠〉）等，也祇有大自然就是我，我就是大自然，我與大自然同化後，才能達到這種物我合一的境界。

淵明便是在這種有我而「不覺知有我」的物我一如的境界中，將自己那曠淡好靜的個性融進了幽美空靈的大自然之中。因此，其詩處處沛然如肺腑中流出，而不見有斧鑿痕，在實境中有沖淡之美。沒有劉勰所謂的「儷采百字之偶，爭價一句之奇。情必極貌以寫物，辭必窮力而追新」〔註31〕的刻意雕琢之句，而這也正是淵明藝術造詣超乎常人之處，因此其悠然的藝術精神下之藝術批評的審美判準，乃在於此種能表現出著有作者自身的色彩或個性的「有我之境」，卻又能於「有我之境」中，使心靈超昇到「不覺知有我」的美感與藝境中者為上品，反之則下。

此誠如蔣經國先生所言：「要能創造美，必要能欣賞美。……但是最高尚優美的作品，總是超群脫俗，充滿理想，傳神於筆外。使人見了立刻溶化於其中，而渾成一體。陶淵明詩說：『採菊東籬下，悠然見南山』。這就是優美作品的最高境界。我們欣賞美的作品，要領略作者的意境而和他的心聲發生共鳴，轉變自己的思想、性格、情緒，為理想的人生而奮鬥，這樣就能有完美的創造了。」〔註32〕的確，我們可從經國先生對陶詩的評價中，引領我們走入淵明悠然的藝術精神裡，從而領略其藝術批評的審美判準，幫助我們去欣賞美和藝境，進一步地了解了藝術的創造，和其中所激賞的價值。

---

〔註31〕劉勰，《文心雕龍・明詩》，引自范文瀾《文心雕龍註》，香港：商務印書館，1960年。

〔註32〕蔣經國，《勝利之路》，〈美的欣賞〉，台北：幼獅文化，1972年。

# 第四章　澹然與悠然的藝術精神之比較

　　本階段將老子澹然與陶淵明悠然的藝術精神，就其所體會到的美、所激賞的價值、藝術創作之特性、和如何把握得到藝術品所體現的價值等四方面，明乎他們相契共鳴的關係，作一簡要的比較，並參酌西洋美學的慧見，作中西會通，以凸顯老子與陶淵明藝術精神之特質。

## 第一節　老、陶 [註1] 所體會到的美

### 一、美不是什麼？

　　老子以為生理快感不是美。因為這種只滿足於感官刺激與欲求的快感，只沈湎於肉體之中，侷限於器官之內。老子以為美不在效用。因為效用只不過是一種工具。老子不認為有客觀獨立存在著的美。因為「可道」非道，「可美」非美——想替「美」這個字下統一的定義，可以照顧到它所有的用法是不可能的。陶淵明亦指出美不純是客觀事物所固有的性質。因為它是主客觀照所得的和諧經驗。

### 二、美應該是什麼？

　　老子以為美在心靈會物感思時，所創造出的可共感的愉悅。因為它涉及較高的心靈或精神活動。而且美醜存乎於心，相待而生。陶淵明亦指出美乃

───────────────
〔註 1〕作者按：以下將老子與陶淵明聯稱為「老、陶」。

是出於人心觀照對象時，所主動創造的。因爲它已然著有觀賞者自身的色彩，而且是精神與自然融爲一體時所產生的。

## 三、檢討與批評

### （一）美與感官的關係

阿奎納斯（St. Thomas Aguinas, 1226～1274）以爲：「與美關係最密切的感官是視覺與聽覺，這兩種感官都是最具認知性而且是爲理性服務的。」〔註2〕而桑塔耶那（George Santayana, 1862～1952）以爲：不但花的顏色、鳥的聲音，就是花的香味也可增加我們對一花園的美感；人類所有機能都對美感有貢獻〔註3〕。這種觀點已打破將「美」只限定在視聽覺的對象上。

我們以爲老、陶所體會到的美，並不把美侷限於人之感官，而且還把它關涉到與心靈之關係上，這是正確的。因爲人類的感官及心靈的結構是大同小異的。康德就曾指出審美判斷的主體基礎，並不是五官的感覺，而是心靈的共感力（ein Gemeinsinn / common sense）〔註4〕。當人的感官或心靈結構有了根本的改變，或者不存在時，原來被稱爲美的那些性質也就無所謂美不美了。

### （二）美感與快感

阿奎納斯以爲：「美的事物是一種我們所見及之，而使我們快樂的事物」（The beautiful is that which pleases us upon being seen）〔註5〕而康德以爲，就主體方面來說，美是種「無私的滿足感」（disinterested satisfaction）。〔註6〕

我們以爲老、陶所體會到的美感，是種愉悅感或滿足感，但它卻與其他感官快感不同，並與心智相關，這種看法是正確的。因爲美感與其他快感之不同至少有三點。

第一，美感主要是由視聽兩種感官獲得，其它三種感官雖有輔助的地位，但它們總是意謂著特定器官的官能性滿足，無法忘卻與肉體之樂的聯繫。

---

〔註2〕Melvin Rader, ed., *A Modern Book of Esthetics*, New York: Holt, Rinehart & Winson, 1973, 4th ed., p.28.
〔註3〕Santayana, *The Sense of Beauty*, New York , 1896，第十一、十二兩節。
〔註4〕*Kant's Critique of Judgement*, trans. by J.H. Bernard, London: Macmillan, 1914, p.96，台北：馬陵出版社再版。
〔註5〕參見同前註2，頁27。
〔註6〕參見同前註4，頁55。

第二，美感是在知覺過程中直接獲得之愉悅感。對象之性質與愉悅感在知覺過程中緊密地融合在一起，並不是先有知覺，然後當對象滿足了我們的欲望，我們才獲得愉悅感。例如，對一個很渴的人來說，光是望著一杯水是不會有什麼快感的，只有在水喝下去之後才會有快感。但在欣賞一風景而產生美感時，知覺過程即有愉悅感，這與能否擁有該風景沒有必然的關係。

第三，除了對顏色及聲音的感受外，美感不只是感官上的滿足，它也涉及較高的心靈或精神活動。一般肉體之樂總使人的心靈與精神繫於感官之上，而美感則有使人的精神與心靈超離感官之束縛，自由翱翔於想像界之自由。我們可說：雖然所有的美感都有一種愉悅感，但並非所有的快感都是美感。

## （三）美與效用

雖然蘇格拉底（Socrates, 470～399 B.C.）曾說：「任何一件東西如果它能很好的實現它在功用方面的目的，它就同時是善的又是美的，否則它就同時是惡的又是醜的。」〔註7〕柏拉圖曾說：「有能力的和有用的，就它們實現某一個好目的來說，就是美。」〔註8〕而依中文字源，美是由「羊」及「大」兩字所構成——因古人見肥羊可食而心喜，故以美稱之。〔註9〕

然而，老、陶所體會到的美與效用不同。這是正確的。因為一個有用的東西具有工具價值，但不一定美。例如，一張又舊又髒的千元鈔票仍是有用的，但它本身並沒有價值，它的價值是建立在我們可以用它來買所需之物。亦即此種效用所帶來的滿足感或快感是間接的，然而美感是在知覺過程中，直接獲得之愉悅感。

## （四）批　評

1. 老、陶以為美雖與我們的感官知覺密切相關，但生理快感並不全是美感。前者使我們可以知道，美感之產生，主體的條件是不可或缺的因素之一；後者則指出了美感與其他感官快感的不同，此有助於我們對美感經驗的進一步認識。

---

〔註7〕 原載於蘇氏的門徒克賽諾封（Xenophon）的《回憶錄》（Memorabilia）卷三第八章。譯文引自仰哲出版社，《西洋美學史資料選輯》，頁8。

〔註8〕 柏拉圖，《文藝對話集》，朱光潛譯，頁271。

〔註9〕 東漢・許慎，《說文解字》云：「美，甘也，從羊大」。清・段玉裁注曰：「羊大則肥美」。參見《說文解字注》，台北：漢京出版社，1983年，頁146。

2. 老子指出了美不在效用，因為效用只是一種工具價值，這可使我們知道美與善是有區別的。但一物有工具價值並不排斥它也有審美價值，例如中國古代園林中的閣、軒、亭、榭、廊等，有作遊覽、憩息、眺望、通道、供佛或藏書之用等等的工具價值，但它們的造型、結構、形象、色彩、景觀等亦有兼具審美價值的，由此可見，美術（The fine arts）〔註10〕與實用藝術的區別並非絕對的，建築就是介乎兩者之間的一種藝術。

3. 老、陶咸以為：美乃是出於人心之觀照對象或會物感思時，所主動創造出的。這使我們知道美感之產生是建立在主（人之感官、心靈的構造）、客（對象本身具有的性質）兩方面的條件之關係上，是這兩方面的配合而產生的。雖然美有客觀性的一面，但這並不蘊含一個美的對象一定會給所有的人帶來美感，或人們的審美判斷都會一致。因為一張莫內（Claude Monet, 1840～1926）的「印象・霧港」（Le Havre, 1872）圖，對一個有橙色色盲的人而言，未必會帶給他美感；而當人們的藝術修養、欣賞能力如此參差不齊，文化背景和對人生的經驗、體會又各有不同時，對同一作品的價值會常有不同的判斷不是很自然的嗎？

4. 老子以為美在心靈會物感思時，所創造出的可共感的愉悅。在此，老子對美提出了一個可共感的假定，亦即假定人有共感力——它是美的普遍性之建立成為可能的基礎。雖然，對於這個基礎我們覺得是可懷疑的，因為我們不得不承認各人的趣味是有不同的，而人們對於美的歧見是沒有可能完全消除的。然而，我們以為人們對於美的歧見，是可以通過教育、指導與學習而消除到某一個程度的。

# 第二節　老、陶所激賞的價值

## 一、真　誠

老子以還我童心與為「美」日損為藝術創作的原動力，以「滌除玄覽」

---

〔註10〕參見劉文潭譯，《西洋六大美學理念史》所載，夏荷勒・巴多（Charles Batteux）在 1747 年列出了五種美術——繪畫、雕刻、音樂、詩歌與舞蹈。台北：聯經出版社，1989 年，頁 13～14。

爲藝術欣賞的審美態度，無論是創作方面或欣賞方面，老子秉持著其對真誠價值的一貫激賞之立場。此所以老子一再強調要能「復歸於嬰兒」，因爲老子以嬰兒爲天下最眞誠的例證。在嬰兒的眼睛裡，無論面對富人或乞丐，無論面對帝王或平民，永遠都顯露其最眞誠無邪的眼光，因而才是人間最純、最淨、最眞的代表。

陶淵明詩說「採菊東籬下，悠然見南山」、自云「此中有『眞』意，欲辯已忘言」。淵明之所以能在中國詩壇上有異常卓越的成就，正在於其將內在心靈甚至整個生命與作品融成一片，流露出無限的天機，眞摯純淨、至情至性是此中之「眞」意，亦正是其所激賞的價值。

## 二、自　然

「自然」是老子的藝術創作、欣賞與批評之要義和判準。因爲有了回復到原性之「自然」的純淨清明，可以讓直覺重新自由穿行、活躍地馳騁，而使心靈在會物感思時，發揮其創造的活力。此「自然」之直覺有助於欣賞，此「自然」之直覺所得則有益於創作。而藝術創作之表現亦以「自然天成」爲極品。因爲將直覺所得之美感，通過了媒材之運作而表現爲藝境時，若能不雜有絲毫的矯情做作，將它自然而然的表達出來，則此藝術品將更具有內在的優越性或完滿性，而更令人激賞。

「自然」不但是陶淵明所激賞的價值，亦是他的詩作中所要表現的，陶詩以藝術的形式體現了自然之美，他讓萬物的自性，自由的發展，所以在他的詩作中，景物自然發生與演出，是客體物物各在其自己的眞實，是主體以自由無限之自然心靈去觀照對象，作者不摻雜「成心」與「有爲」的造作，因此主客俱「自然」而「無隔」的渾融爲一，機趣燦溢地展現了「自然」之美。

## 三、和　諧

就藝術品而言，老子是主張質（媒材）、形（形式）、意（內容）三者合一之有機的整體性。老子的藝術欣賞之三進程是：(1)「滌除」：清除雜念先使對象孤立。(2)「玄覽」：深入靜觀而至「以物觀物」。(3)「自然」：臻至主客合一之境。而其藝術造詣的極致是一種「自然天成」、「有我而不知其有我」的境界。可見這種建立在主客合一的藝術創作、審美態度和評價標準，便是著重在主、客之間的一種和諧的關係。這種各部分之間在整體之內構成相關

的和諧，便是老子所最激賞的價值。

陶淵明之「桃花源」是其所懷之理想的投影，亦是其所激賞之價值的具現與肯定，淵明所嚮往的是一個不離人間的「愛的社會」，亦是一個整體和諧的社會。而陶詩所表現出的藝境，是一個融合了人生與自然、物質與精神、理想與現實、內心與外境的整體和諧之境，在和諧中盈溢著生機。其藝術造詣的極致，亦是一種達到了有我而「不覺知有我」、物我合一的和諧境界。

## 四、檢討與批評

### （一）真誠與藝術

相對於托爾斯泰（Leo Tolstóy, 1828～1910）而言，藝術須能傳達內心眞誠感受到的情感。眞誠的藝術一定可以使欣賞者在毫不須努力的情況下受到感染〔註 11〕。這種感染不但會將創作者與欣賞者在精神上聯結在一起，而且也可將欣賞者之間的距離消除，這就是爲什麼偉大的藝術家常是我們內心情感的代言人。

對於某些像毛里斯・但尼斯（Maurice Denis）那樣的作家而言，一件藝術品的「眞」，意指作品符合其目的和手段；對其他的人而言，則意味著藝術家的眞誠（sincerity）：「當一件藝術品表現出藝術家眞正想到的和感受到的事物的時候，它總是眞的。」〔註 12〕

羅曼・印加登（Roman Ingarden, 1893～1970）所分析的藝術之眞的概念有四涵義：(1)存於再現的對象與現實間的符合；(2)藝術家內心之意念，巧妙的表現；(3)藝術家的眞誠；(4)作品之內在的一致。〔註 13〕

達達基茲對於眞與美之間的關係，則認可一種溫和之多元論的見解：「某些事物是美的，並且形成了美感經驗的根源，究其所以，主要是因爲它們是眞的，所以纔引發唯有眞實、熟悉的事物纔能產生快感；相反的，其他的事物卻正是因爲它們不眞實所以纔美，儘管它們同樣引發快感，但是這等快感，卻出於不實之感、超越之感（feelings of unreality, of the transcendence of reality）。」〔註 14〕

---

〔註 11〕 Leo Tolstóy, *What Is Art? and Essay on Art*, Aylmer aude trans., London: Oxford U. Press., 1962, p.227.
〔註 12〕 參見劉文潭譯，《西洋六大美學理念史》，頁 377。
〔註 13〕 參見同前註，頁 378。
〔註 14〕 參見同前註，頁 380。

## （二）自然與藝術

亞理斯多德所提出的自然概念，至今仍保存容納了它的二元性：自然一則意指那看得見、摸得著的世界，而同時又意指著那只能被心靈感觸到的力量，我們推測世界便是由它所形成的。在古代人的心目中，自然乃是完美的：他們觀察到它是以井然有序和趨向目的的方式展開，而這兩項屬性，在他們看來，都是十分值得讚美的。然而，亞理斯多德覺得，人類所創作的藝術可能比自然更為完美，因為在自然之中，美是分散的，例如某人生就一雙美目，而另一人又生就一雙妙手，在一件雕刻品或一幅畫中，這些分開來的美便可以被綜合起來（以自然的元素為基礎之藝術品的自由創作的模倣說）；在文學中，情形更是如此。〔註15〕

羅倫左‧吉柏爾蒂（Lorenzo Ghiberti）在其藝術評論（1436）裡提到，他盡其所能致力於模倣自然；亞爾柏蒂（Leone Battista Alberti）也表示：除了模倣自然之外，沒有更確實的途徑可以達到美的境地。而依照他的見解，藝術模倣的是自然的法則，而不是它的現象。〔註16〕

哥德認為藝術的第一個要義就是把自然作為自己唯一的基礎，藝術應來自現實生活，藝術家要遵守、研究、摹倣自然。他進一步發揮創造性摹倣的原則，要求藝術既根據自然又超越自然，要反映事物的本質，從特殊性出發表現普遍性。〔註17〕

桑塔耶那強調藝術自現實中採取主題、模型、對象以及形式，但是藝術把它們安排在自己的結構之中，而通常這些結構都是最能符合人心的需求和他看待事物的方式。美乃是靈魂與自然一致所產生的結果。〔註18〕

## （三）和諧與藝術

畢達哥拉斯學派（The Pythagoreans, 580～500 B.C.）發現音調的高低，由音弦的長短決定，認為音樂就是對立因素的和諧統一（把雜多導致統一，把不協調導致協調），用數的和諧關係解釋音樂藝術的本質。他們還從音樂的和諧論及人與藝術的關係，認為由於人的內在和諧與外在和諧的同聲相應，人才能欣賞藝術和美。〔註19〕

〔註15〕參見同前註，頁360。
〔註16〕參見同前註，頁328～330。
〔註17〕參見王世德主編，《美學辭典》，台北：木鐸出版社，1987年，頁331。
〔註18〕參見劉文潭譯，《西洋六大美學理念史》，頁348。
〔註19〕參見王世德主編，《美學辭典》，頁271。

維特羅維阿斯（Vitruvius）在《論建築十部書》（Ten Books on Architecture）中表示：當一座建築之所有的部分，高與寬、寬與長都有了適當的比例，而整個都滿足了一切勻稱上的要求，那麼這建築必然是美的了。維氏認定這種情形，在雕刻、繪畫以及自然之中，也都同樣是眞的。〔註20〕

亞理斯多德把和諧建立在有機整體的概念上，認爲不僅對象中的各部分安排要見出秩序，形成融合的整體，而且體積大小也要與人的心理感受相適應才能見出和諧，主張「美包含在大小和有秩序的安排之中」。〔註21〕

法國建築家布隆德（Blondel）主張，和諧「乃是藝術所能提供之滿足的根源、起始的原因。」〔註22〕

派克（Dewitt Henry Parker, 1885～1949）以爲：「藝術品底形式乃是被意義間的關連所決定的，它是取法自然、人生與思想的，易言之，我們要求藝術品代表自然、人生與思想。它的形式與各部分一一相應。……藝術……只是各部分在整體之內彼此相關，……有許多和諧的關係以及線條與輪廓底均衡狀態，除了就它們本身加以了解之外，別無他法可想。……內在的形式乃是表現在一切藝術品之中的普遍因素……在藝術品之中的內在形式是最完美的。」〔註23〕以和諧爲藝術品之內在的形式。並作爲藝術定義之三種特性（即想像中產生的滿足、社會的意義、以及和諧的形式）之一。

## （四）批　評

### 1.在藝術創作和欣賞方面，老、陶咸強調真摯情感的重要

眞誠除了較值得激賞與表現外，創作者與欣賞者之間的距離，亦較易消解而引發共鳴。我們以爲藝術家若對自己所欲表達之情都不感動的話，就很難再感動觀眾了。粗製濫造的黃、黑色電影或小說，只能刺激觀眾的神經而不能眞的感動觀眾就是這個原因。然而，我們並不能把眞誠當作是藝術的充分而且必要的條件，因爲一個人創造不出動人心弦的作品，往往並非缺少誠心，而是因爲缺乏藝術之直覺或表現的能力〔註24〕。同一藝術品對於不同的人常會引起不同的感受；使一些人深受感動的文藝作品，很可能引不起另一

〔註20〕 參見劉文潭譯，《西洋六大美學理念史》，頁146。
〔註21〕 參見同前註，頁147。
〔註22〕 參見同前註，頁150。
〔註23〕 參見劉文潭，《現代美學》，附錄一：〈藝術底本質〉譯文，頁314～316。
〔註24〕 這點批評最先由杜卡司（C. J. Ducasse）提出。參見 Stolnitz, *Aesthetics and Philosophy of Art Criticism*, Boston: Houghton Mifflin, 1960, p.180。

些人的共鳴。一個創作者所以偉大，並不一定在於他能親歷他所表達的各種情感，而在於他能通過他的想像，把那些他未曾親歷的情感都深刻細膩的展現出來，使那些曾親歷的人都受到感動與引起共鳴。

我們承認藝術家的誠心，是其藝術品能使人感動的條件之一。在這個藝術已過分商業化的時代裡，強調真誠的重要也有其積極的意義。而真誠的情感經驗可以直接構成藝術品的重要內容，一方面是因為它帶有作者獨特的情感與趣味的色彩，它之所以可以成為令人激賞的價值，也部分是因為它提供了一個允許有個人趣味選擇的餘地。

### 2. 老、陶所激賞的「自然」，並不是事實義，而是就心境上說的價值義

亦即它是經由實踐而來的，此與一般西洋的自然概念有顯著的不同。相對於老、陶而言，作品中的自然並不是「第一自然」，而是「第二自然」，然而此「第二自然」是以「第一自然」為基礎的。自然除了提供藝術以媒材之外，還提供了可作為心靈對象的元素，亦即它不只是現象，還有法則（例如：多樣與統一、參差、主次、平衡、對稱、比例、和諧、秩序、節奏、變化、大小、部分與整體……等）。

結合此二者，構成了藝術品的客觀的現象性質與意義。我們以為老、陶著重「自然」之價值義，是深具藝術精神的，因為一個完全沒有觀賞價值的人造物，是不會被稱為藝術品的。藝術品具有觀賞價值，一般而言是指藝術品具有引發審美經驗的能力（capacity），這種潛能可說是藝術品的審美價值（aesthetic value）。

所謂「價值」大致可分成三種：工具價值、本身價值（inherent value）與內在價值（intrinsic value）。一物有工具價值，如果它被需求不是因為它本身的緣故，而是因為它能助某人（或某些人）達到其目的。例如：筆有工具價值，因為它可用來寫字；錢有工具價值，因為它能買到我們所需要的物品。內在價值指的不是物品而是有愉悅感或滿足感之經驗。例如：美感，因為它是某種愉悅感，顯然具有內在價值。一物有本身價值，如果它能給人帶來具有內在價值的經驗。例如：法國盧梭（Rousseau, 1884～1910）的油畫「夢」有本身價值，因為在欣賞它時可給我們帶來審美的享受。

本身價值與工具價值相同之處，在於皆指事物而不指經驗，不同之處在於前者與滿足感直接相關，後者只是間接地相關。而審美價值因為與經驗相關，所以，一個具有審美價值的物品，是否能給人帶來審美經驗（美感），除

了其本身審美價值的高低外，還得看欣賞者的條件。只有這兩方面配合得當審美經驗才會產生。美與具有內在價值的經驗總有一親密的關係，在這種經驗中，對象的性質與滿足感是不可分割地融合在一起的。

### 3. 老、陶在藝術的創造、欣賞和審美經驗方面，咸強調主客兩方面的條件，內外俱和諧的重要

我們認為既然審美價值與經驗相關，一個具有審美價值的物品，是否能給人帶來審美的愉悅感或滿足感，就得考慮主體的感受條件和對象的客觀的現象性質與意義。

老、陶在主體的感受條件方面，提出了一種內在和諧的關係，我們以為這是深刻的，因為構成這種關係的各部分如：視聽覺等官能的正常、有必備的知識、不受偏見左右等條件，若都能具備與符合，則較易形成主體內在的和諧而使主體更具鑑賞力。

老、陶在客體方面，強調對象的多種性質之間有秩序及和諧的關係。我們以為，客體對象的性質有表象（如顏色、聲音等）、形式、或意義等，而審美經驗是一種統一（unity）的經驗，因此審美對象本身的諸性質之間的和諧關係，與它所內存的審美價值有密切的因果關係。

由於審美經驗可給人帶來愉悅感或滿足感，我們也可以說愈有審美價值的作品，給人帶來的審美滿足感或愉悅感愈大。但這並不表示所有的藝術品都可在乍看或乍聽之下即給人帶來愉悅感，因為愉悅感並不只是狹義的感官之樂，它還可包括自我的解放、精神的高昇、生命力的充實等積極感受在內〔註25〕。藝術所處理的題材很廣，除了可直接給人滿足感之外，還可包括醜惡、怪誕、荒謬等內容，事實上多數藝術品所給我們帶來的滿足感都是遠超過感性快感的。但不論在題材與表現手法上多麼千變萬化，如果作品中含有令人不愉快的成分，就應有其他令人滿足的因素去抗衡，並且壓倒那些令人不快的成分，否則作品就會因失去製造審美經驗的能力，而失去審美價值。一件藝術品就其整體來看，各部分都必須是和諧一致的，多餘的枝節在觀賞者的心目中，必致侵害主要的元素。

---

〔註25〕參見 Beardsley, "Aesthetic Experience Regained," *Journal of Aesthetics and Art Criticism*, 28, 1969, p.9。

4. 老、陶澹然與悠然的藝術精神，在整體風格上，凸顯出了一種以內外關係的和諧為基本特徵的審美範疇——優美

優美的審美對象在形式方面，一般都具有小巧、柔和、淡雅、細膩、光滑、圓潤、精緻、輕盈、舒緩、嫩弱、絢麗、微妙、漸次的流動變化等特徵；在內容方面，一般都不呈現激烈的矛盾衝突，其基本內涵有平衡（或對稱），相互呼應和襯托，色彩的調和悅目等，各組成部分之間處於多樣統一的一種狀態。在形式和內容的關係上則表現為十分協調。

在具體的審美經驗中，人對優美對象的感受，也在主體和客觀對象融合無間的和諧關係中進行。例如：人對自然（清風明月、鳥語花香、小橋流水、湖光山色、幽谷小徑、雲霞虹霓等）和藝術（婉約詩詞、舒緩樂曲、樸素藝術／Naive Art……）中優美對象的感受，在生理和心理上都較不會出現驚懼、突兀、緊張、急迫和不可遏制的情緒激動，而是產生一種較平緩，親切、輕鬆、隨和、舒坦、閑適、寧靜、愉快等心曠神怡的心境。

優美往往與人形成和諧關係，容易被人接受欣賞，無怪乎在人類審美意識還不複雜、審美經驗還不十分豐富的古代，是人們審美的主要對象。而這也正是畢達哥拉斯學派之所以會提出：美就是和諧。在內外俱和諧，主客「同聲相應」欣然契合的關係裡，人才能愛美和欣賞藝術〔註 26〕的這種審美經驗之看法。

# 第三節　澹然與悠然的藝術創作之特性

老子藝術創作的底蘊有三：(1)還我童心與為「美」日損：離合引生；(2)在想像中產生滿足；(3)空納空成：無私、自由、主動的創造性。陶淵明藝術創作的底蘊有二：(1)情感・希望的滿足；(2)想像・價值的激賞。

在前述兩節的比較檢討中，我們明顯的是以「捨異求同」的原則，來研究老、陶所體會到的美、所激賞的價值。因為如果大家的看法是相同的或相近的，則我們較能肯定某些看法的客觀性。我們知道老、陶的藝術精神有其相契共鳴之趣，在本節中、我們既是比較老、陶藝術精神中藝術創作之特性，是故本於「同中有異」的視點去究其所以，則較能理出兩人相同與差異之處。

---

〔註 26〕參見朱光潛，《西洋美學史》上卷，台北：漢京出版社，1982 年，頁 18～19。

## 一、老、陶相同之處

### （一）在想像中產生滿足的價值表現

「小邦寡民」是老子理想中的美麗新世界；而「桃花源」是陶淵明心靈嚮往的歸宿。它們同是一篇生命的超脫者的心靈自我獨白。是哲人的超越理境，也是詩人的心靈意境；是精神飛越之理境的開顯，也是生命自在之人格的投射。究其所以，兩人同是起於敏感的心靈對當時失落的人間世界，所作的反省與重建，這種根源於價值的欣羨，而在想像中滿足於他們自己虛設的夢想的創作，在當下即得的經驗之中，便可獲得愉悅感或滿足感。

### （二）在具體的事物中寄託希望

老、陶都是從想像中設造一個世界以適合他們各自的希望。老子以「小邦寡民」、「嬰兒」、「真人」等為理想世界的象徵；陶淵明以「桃花源」、「歸鳥」、「停雲」等為夢想世界的象徵，雖然兩人滿足希望的表現方式有所不同，但寄託希望於具體的事物中的創作動機，並無差別，兩人都包含著相同的創造性；兩人也都同樣地熱衷於具有直接性的事物，然而，這種創造活動是與夢之私有、封閉性不同的，因為它們是發而為詩文之可感覺的形式，包含著它們的社會意義與歷史意義，而隨時準備被同類的心靈所分享的。

## 二、老、陶差異之處

### （一）老子：離合引生的藝術創造

老子主張「滌除玄覽」。「滌除」是為「美」日損的「離」的工夫——把抽象思維曾加諸我們身上的種種偏減縮限的形象離棄，目的是還我童心。「玄覽」是「以物觀物」的「合」的過程——以直覺重新擁抱原有的具體世界，作用是消解距離。「引生」是完成的階段——將直覺所生的美感或藝境具現在作品之中。這種創作是自覺的意識活動，藝術家須將其所捕捉到的經驗定著下來，透過對媒材的選擇與運作，希求精確地、具體地表現這主動創造的經驗。

### （二）陶淵明：物我合一的藝術創造

我們知道和諧是淵明所最激賞的價值，無論是人生與自然、物質與精神、現實與理想、內心與外境之間，都達到了融洽和諧的境界。淵明把這種藝境具現在詩文裡，這在藝術創造的活動或過程中，可說是一種「物我合一」——

一人與其生活環境完全合一，藝術與人生經驗密切地結合在一起——的狀態，陶詩的藝境可說是一種「寓偉大於平凡」的藝術創造，把平凡的生活中所蘊含的美，極為自然質樸地表現出來。

## 三、檢討與批評

### （一）藝術與想像

派克在其「藝術的本質」一文中，把想像提供的滿足當作藝術定義底第一項〔註 27〕。派克以為：藝術乃是一種想像世界底自由創造，通過了這種創造，藝術家纔能為他的欲望找到寄託，為他的問題尋得答案。雖然在美感經驗之中，感覺的質料和想像的質料同等重要，但是一切質料畢竟都有想像的狀態，在想像之中，觀念或意義與感覺的形相是同等重要的。派克以詩歌和建築為例指出：如果沒有感覺形式底美，詩便不能成其為詩，如果沒有觀念與意義，所謂詩也不過只是甜美而空洞的音調而已。在建築之中，美底形式與效用也化為一體，因為審美的價值乃是實用價值轉入想像層面所生之結果，對於效用之回憶或預期——想像之二面——正是它的美寓存的所在，效用見之於行動，而美則見之於純粹的意義。由於想像意涵感覺的形相以及形相寓涵的意義，更可呈示出一個令人嚮往的世界，所以它能使藝術品增加其內存的價值。〔註 28〕

### （二）藝術與欲望

榮格（Carl Gustav Jung, 1875〜1961）在其《心理學與文學》（Psychology ond Literature）中，認為人的基本心理活動具有四個領域：感覺活動、情感活動、思維活動和直覺活動。它們受本能制約，每一種活動又都可分為內傾和外傾兩個方面。據此，他把藝術創作的方式分為二種，即心理學式的藝術創作（The Psychological Mode of Artistic Creation）與靈見式的藝術創作（The Visionary Mode of Artistic Creation），前者處理的是人生的教訓、情緒的激動、熱情的經驗、命運的危機等，它祇對意識的內容加以解釋，並沒有超出人們可以互相理解的範圍。後者所產生出來的作品則不再使我們熟悉，它遠遠超出我們的理解之外，它乃是出於集體的潛意識（The collective unconscious）

〔註27〕派克所提出之藝術定義包含三個部分：想像中產生的滿足、社會的意義，以及和諧的形式。參見劉文潭，《現代美學》，頁 316。

〔註28〕參見同前註，頁 303〜307。

——由遺傳的力量所形成之心靈的傾向。

而藝術品的要素，乃是超乎個人生活領域上的東西，與其說它是從詩人或藝術家個人的精神或心靈中所發出的心聲，還不如說它是以詩人或藝術家為代表，從人類的精神或心靈中所發出的心聲。藝術的創造性就和意志的自由一樣，包含著不可完全理解的秘密。每一個具有創造性的人，在榮格看來都具有雙重身份：一方面，他是一個具有個人生活的人；另一方面，他卻是一個非個人的創造過程，作為一個藝術家，他必是在一種較高的涵意之中——他仍是一個「集體的人」（Collective man）——成其為「人」。榮格由是主張：不是哥德創造出「浮士德」，而是「浮士德」創造出哥德。藝術家的作品迎合了他們所生存之社會的精神需要，並且也正是為了這個緣故，他的作品所顯示出來的意義，遠要超過他個人的命運。由以上專肆注重靈見式的創作來看，很明顯的，榮格是以眾人公同的欲望來解釋藝術的。〔註29〕

### （三）藝術與直覺

柏格森（Henri Bergson, 1859～1941）從其一般哲學而來的藝術論之要義是：藝術活動是超脫了實用目的的活動，在這種活動之中所生的美感，則屬心靈與事物直接會通的結果。由此可見直覺（Intuition）的特性：它是對具體事物所生的知覺，而不是對抽象事物所生的知覺；它的對象是事物的本身，而不是事物的標籤；除了切實把握事物的真象，它沒有其他的目的。因此，藝術家的任務，乃是在征服下列雙重困難：

1. 他要解除一般人心靈之積習，此種積習使人但見森林，不見獨木，也即是使人但見事物之近似的類型，而不見事物之特有的性質與形相。
2. 他必須以獨特之方式，表現他所見及之獨特的事物。〔註30〕

克羅齊在其《美學》（Aesthetics）中主張：藝術即是直覺，而直覺在人類意識活動中，乃是處於根基的地位，所以藝術的地位是獨立的，內容是純粹的；又由於直覺是人類知識的基本形式，它既不是情感，也不是意志，所以它不是激動渾淪的而是清晰明確；直覺既是一種知識，它當然不能沒有內容或質料，而它的內容和質料便是各種感覺的印象。由於直覺本是一種意識的知解活動，而這種活動的本身，便天生具有管理和統一印象的形式，所以直

---

〔註29〕以上參見劉文潭，《現代美學》，頁81～93。
〔註30〕以上參見同前註，頁46～48。

覺的質料雖是得於自然，它的形式卻生於內心。直覺乃是心靈（或精神）活動的產物。

　　克羅齊在美學中所作的正面主張，相當於下列的等式：直覺＝表現＝創造＝欣賞（再造）＝美＝藝術。亦即他所注重的乃是純粹的美感或藝境，而純粹的美感或藝境都是心靈活動的產物，所以它們就必然不是現實事物所有的性質，藝術或美既不在於心外的現實，自然在於內心的想像了。亦即世間沒有現成的美。真正的藝術品即是生於藝術家內心的直覺或美感。因此它當屬心靈主動創造的產品，所以，除非我們先行產生與藝術家相當的直覺，否則我們就無從分享與知悉藝術家內心的美感與藝境。〔註31〕

　　卡萊（Joyce Cary, 1888～1957）在其《藝術與實在》（Art and Reality）一書中表示：直覺的作用在認知事物的獨特性，發現世界的新奇性，所以它與概念是敵對的，直覺同於美感或藝境，這是卡萊所同意的，然而，直覺和表現並不是同一回事，二者之間橫有一道難以跨越的鴻溝：如何將產生在內心的直覺定著下來，體現出來，在他看來必須要牽涉到技巧和媒介，因此，他不贊成克羅齊把藝術看成一種純粹的精神事實，這也即是說除了心靈的活動感受直覺，他還必濟之以技巧和經驗，而藝術的創造性，即是指技巧的發明與試探而言，照這樣看來，藝術家固必有美感或藝境，然而，有美感或藝境的人卻未必皆是藝術家。〔註32〕

## （四）藝術與人生

　　杜威（John Dewey, 1859～1952）在其《藝術即經驗》〔註33〕一書中指出：「藝術是經驗作為經驗而言，最直接與完整的顯現。」（頁297）又說：「藝術代表自然的顛峰事件與經驗之高潮。」〔註34〕經驗是人為了適應環境而與其產生互動的結果。從主動方面看，「適應」就是人為了克服他與環境的疏離而做的努力。適應的良好使人之內部需要與外在環境的限制能保持平衡與和諧的關係。它給人帶來的不是表面與局部性的快感，而是深入吾人整個存在的幸福或喜悅。（頁17）

---

〔註31〕 以上參見同前註，頁50～59。
〔註32〕 以上參見同前註，頁60～61。
〔註33〕 參見杜威，Art As Experience, New York: Capricorn Books, 1934，以下此書引文直接於文末註明頁數。
〔註34〕 Dewey, *Experience and Nature*, New York: Dover Publications, 1958, p. 16.

所謂人生，從這種觀點看，常是平衡與和諧不斷失去與重建的過程，生活的韻律指的就是那能影響平衡與和諧之秩序的互動。人在流變的生活中與環境互動時，所達到的平衡與和諧狀態，可以給人帶來真實地活著的歡樂。這種狀態是與審美經驗很相似的。

真正活著的人善於把握現在。他的過去、現在與未來是在連續的互動中彼此交疊與融洽。他能在目前的工作中得到當下的滿足，這樣的人與其環境完全合一。藝術或審美經驗正是以這種「物我合一」的狀態著稱。所謂創作的靈感，就是過去的經驗被現在的情境引起新的情感擾動與表現的衝動。通過某種媒介在未來將之具體地表現出來的即可成就藝術品。這意謂著在藝術活動中之過去、現在、未來融和無間的狀態（參考頁 18、65）。審美經驗是提昇了的生命力。它所意謂的不是關於私人情緒與感覺中的存在，而是與世界之主動與靈活的交往。因為經驗是生物體在事物界的掙扎與成就，它是藝術的根源。（頁 19）〔註35〕

## （五）批　評

### 1. 老、陶咸認為藝術創作之特性，乃是在想像中產生滿足的價值表現，並在具體的事物中寄託希望

吾人透過派克、榮格以及克羅齊等人的慧見檢視下，認為這種看法是合理的。首先，派克以為凡屬當作滿足看待的價值，都是出於對一般所謂欲望底消除，由於派克使用欲望這個名辭是取其廣義的，所以它立即成為一切經驗底動機，同時變成其內在的推力，美感經驗與日常經驗不同之處，乃在消除欲望的方式不同，在藝術創作中，欲望被引向內在的或虛設的事物之上，它在當下即得的經驗之中便可獲得滿足。由於它乃是一種滿足底根源，因此藝術不論是什麼，追根究柢，總不外是價值的表現。

這在榮格的學說中（如果撇開他形而上的假定——集體的潛意識——將藝術家獨特的個性完全抹煞，將藝術家特有的創造力澈底勾銷——之缺點不論），將藝術與價值間的關係所作的直截了當地闡釋，更可明顯地看出：由於欲望的產生，是對於具有價值之事物的需求，而欲望的滿足，是由於被需求之具有價值之事物的獲得，因此以欲望解釋藝術，便無異於同時在肯定藝術的產生是對於價值的欣羨，而藝術的成就是對於價值的體現了。

---

〔註35〕以上整理自劉昌元，《西方美學導論》，台北：聯經出版社，1986 年，頁 124～126。

雖然在克羅齊的美學裡，有「藝術家與欣賞者如何在內心產生共感？」的問題。然而克羅齊認為直覺必出於想像，也就是藝術必在想像之中的看法，卻與我們的立場相似。派克亦曾表示：藝術乃是一種想像世界底自由創造。不過藝術與夢境有明顯的不同，因為藝術價值底可傳達性（The communicability of the value of art）乃是有關藝術的一件極關緊要的事實，一件藝術品不能僅僅使我一個人感覺它美，因為它的美，也即是它的價值，實有賴於它能被眾人分享底可能性。因此想像底自由創造必須表現在具體的事物之中，唯有如此，它纔能在不同的時間之中，再生於眾多的心靈之內，亦即藝術家必須透過對媒材的選擇與運作，將其美感或藝境，在作品中表現為可感覺的、適當的藝術形式。

### 2.「小邦寡民」、「桃花源」是老、陶所嚮往的自由世界，那是一個沒有異化、自然真樸的世界

當我們反省考察了老、陶所處的時代背景後，我們可以同意榮格所說的——藝術家的作品迎合了他們所生存之社會的精神需要，並且也正是為了這個緣故，他的作品所顯示出來的意義，遠要超過他個人的命運——是具有部分真理的。

很多偉大的藝術品確實是從人類的生活中，獲得它那動人的力量的，詩人或藝術家總道出了千萬人的心聲，揭發了他們所處的時代意識觀（The conscious outlook）。相對於老、陶而言，一個是思欲重整存在界的價值理序，一個是亂世人心的自求解放。然而，他們並未因此而喪失了個性，相對於老子而言，其「正言若反」的表達方式是甚具原創性的，相對於陶淵明而言，他並非一窩蜂的「儷采百字之偶，爭價一句之奇。情必極貌以寫物，辭必窮力而追新。」〔註36〕相反的，他卻是「一語天然萬古新，豪華落盡見真淳」（元遺山論詩絕句）。我們可透過老、陶的具體表現來會通榮格的觀點：藝術家不只是有個性，而且有不比尋常之更充實，更偉大的個性，因為他還能夠傳達出時代的心聲。

### 3. 離合引生是老子所持之藝術創作的特性，它可說是一種由直覺而生的主動創造

一般而言，藝術創造總有開始、進展及完成三個階段，在開始時，老子

---

〔註36〕語出劉勰，《文心雕龍‧明詩》。參見范文瀾《文心雕龍註》，香港：商務印書館，1960 年。

主張「滌除」——還我童心，亦即他先要解除一般人心靈之積習，再以直覺確實把握事物的真象。

在進展的階段，老子主張「玄覽」——以物觀物，亦即他要一般人放棄尋常「由我觀物」的方法，突破隔於實在與我們之間的迷霧，因為在後者，是以自我來解釋「非我」的大世界，觀者不斷的以概念觀念加諸具體現象的事物上，設法使物象撮合意念；在前者，自我溶入渾一的宇宙現象裡，化作眼前無盡演化生成的事物整體的推動裡，去應和萬物素樸的自由興現。這種特殊的觀物法是以主體的虛位，去把定時、定位、定向的限制消解，任素樸的天機活潑興現。如此人所感知之充滿著形、色、光、聲的物質世界，以及千變萬化的心靈世界，必是新奇奧妙、多采多姿的。

在完成的階段裡，老子主張「引生」——將各個純粹直覺所得的美感或藝境具體地表現出來。此正是老子所以要以不落言詮定限、「正言若反」的獨特語文表達方式，去表現他所見及之獨特的事物。於此，老子透顯出了令人難以企及的洞見：正是由於語言文字及其他表達工具之缺陷，才使原創性（Originality）成為必要。而藝術乃是出於一種希求精確地具現其直覺所得的熱切願望，這可從時下藝術的分殊性和雜多性來證明這一點。

從以上可見，在藝術創造開始時，老子主張要有「復歸於嬰」的直覺，這與柏格森和卡萊的見解是相同的，在產生美感或藝境的進展過程中，「以物觀物」是老子富於原創性的特殊觀物法，此時直覺因為主體的虛位，所以有主客自由換位、主動鎔鑄的作用，這種富於創造美感或藝境的直覺，就其主動創造性而言，是與克羅齊相近的。因為它亦賴心靈的鍛鍊與提昇，在藝術創造的完成階段，老子並不滿足於把直覺所生的美感或藝境，僅存於藝術家的想像之中，相反的，他要求以作品寄託其直覺，就此而言，老子的看法與柏格森和卡萊的論旨是相類的。

### 4. 物我合一是陶淵明所持之藝術創作的特性

就藝術與人生而言，陶詩把平凡生活中所蘊含的美，極為自然質樸地表現出來，那種可以給人帶來真實地活著的歡樂的審美經驗，是人在流變的生活中，與環境互動時所達到的平衡與和諧狀態。淵明通過了詩的藝術形式，把它具體地表現了出來，這意謂著在藝術活動中，人之過去、現在、未來是一種融和無間的狀態，就藝術與審美經驗和人生的密切融合而言，淵明所展現出的此種物我合一的創作特性，與杜威對藝術和審美經驗所持的看法是相

似的，因為杜威認為唯有當藝術具有人生的實質，而美感經驗成為現實經驗之縮影時，藝術才可能在濃縮現實人生的美感經驗中發榮滋長，表現出價值與意義的累積，欲望與理想的滿足。

## 第四節　澹然與悠然的藝術欣賞與批評

本節我們比較老、陶澹然與悠然的藝術精神中，如何把握得到藝術品所體現的價值之提點，就審美態度、藝術的批評兩方面，檢討老、陶藝術欣賞的要義，並會通西洋美學的慧見，幫助我們去把握被藝術家體現在他們作品中的價值，從而產生如同其情的了解，增進美感的經驗，領會人生的價值。因為「藝術的靈魂與生命，全靠藝術家與欣賞者的共感來維繫」、「藝術的欣賞者與批評家，除非能夠自行主動地創造出如同藝術家締創的藝境，體驗如同藝術家所曾體驗的美感，否則所謂『藝術』，充其量只能是一個空洞的名辭」，所以「對於藝術家在締創藝境之際，究竟是懷持著何種態度來應世觀物，我們便不能不盡可能地求取切實的了解。」〔註37〕審美態度的重要已如上述，藝術的批評（解釋、評價）又可以解釋創造和指示欣賞，可以說是創造與欣賞二者之間的橋樑，自是我們應該探究之列。

### 一、老、陶的審美態度

老子的審美經驗總的來說是一種主客合一的狀態，要達至這種狀態有三進程，首先是「滌除」——先使對象孤立——主體要洗去各種主觀雜染，去面對斷絕了和其他事物的關係後的孤立對象；其次是「玄覽」——再「以物觀物」——以主體的虛位消解主客之間的距離，有主客自由換位的超越視境；最後是「自然」——臻至主客合一的相交共感之境。陶淵明的審美態度總的來說是「心遠地自偏」，心之所以能遠在於無私心，並能與紛擾的人間世保持著心理的距離，這種距離是以藝術的心靈——抽離了現實人生的非功利、非認知、非道德的審美態度——去直接照見對象本身的真相，從而產生物我渾融、交感共鳴的同情，而使心靈安息於孤立的對象之中。

### 二、老、陶藝術批評之審美判準

「有我而不知其有我」之境，可說是老、陶對藝術造詣所持之審美的判

---

〔註37〕以上參見劉文潭，《現代美學》，頁187。

準。這種藝術境界的眞相，在審美對象而言，其「自然」──藝術家使人世間的材料服從於他較高的意旨（歌德語）──有若天成；在審美主體而言，其心靈境界是「不覺知有我」的自由自在──如遊於「無何有之鄉」（莊子語）的無待。在前者，創造性是藝術家使人世間的材料服從於他較高的意旨；在後者，主動性乃是欣賞者產生美感或藝境的合作者（Co-author）的命根。亦即主動性和創造性乃是此種「有我而不知其有我」的藝術批評之審美判準，它們透露出了有關藝境之眞相底秘密，並構成了藝術活動底兩大特質。

## 三、檢討與批評

### （一）美底孤立

閔斯特堡（Hugo Munsterberg, 1863～1916）在其《科學中之關連與藝術中之孤立》（Connection in Science and Isolation in Art, 1905）中以爲：關於事物之最高的眞理，是讓事物自身將其完滿的個性和意義呈現於我們的心靈之前，如果我們眞正想要把握事物底本身，唯一的辦法就是使它陷於孤立，斷絕它和一切事物的關連，讓它單獨地填滿我們的心房，其結果就對象而言，它意味著完全的孤立；就感知對象的主體而言，他則意味著完全的安息。於此完全的安息之中，客觀的印象由是變成了我們最終的目的，它乃是眞正的美感經驗之唯一僅有的內容。總之，爲我的心靈把對象孤立起來；使對象顯示它本身的眞相；使我們的心靈安息於對象之中；使對象變美，乃是對於同一件事之四種不同的說法。

科學在於關連，而藝術在於孤立；無論是科學或藝術；知識或美感，都是獨立於個人私有的欲望，本能，以及幻想的，科學與藝術二者都在要求普遍性。如果我們永遠只能將此世界當作工具來應用，則此世界永遠不可能變成可被欣賞的對象，因爲它只能作爲實現別種目的的手段，本身缺乏究極性的價值，那末我們的心靈也就不可能以它爲歸宿而安息於其中。美的本質在於對象底孤立，而美的價值（或功效）則在於心靈底安息〔註 38〕。值得注意的是，閔斯特堡的孤立乃是表示形式底完整與內容底自足，與福萊（Roger Fry, 1886～1934）及貝爾（Clive Bell, 1881～1964）所倡導的形式主義之說並不相同。

馬蒂斯（Henry Matisse, 1869～1954）在其〈一位畫家底備忘錄〉（Notes

〔註38〕以上參見同前註，頁 215～228。

dúm Peintre／Notes of A Painter）中說：「我本人總是充分地相信，一個畫家對於他的宗旨與才能所能給予之最佳解釋，乃是由他的作品來提供。」〔註39〕劉文潭教授以爲：「這話實際上具有雙重的涵意：從一方面來看，藝術家所締創的美或藝境，即在於他的作品之中，當他從事於創作之時，他的全付精神也都專注於他的作品之內，換句話說，他的整個心靈，都安息在他的作品所含的美或藝境之中。由此可見，他的作品對他而言，絕對只能是目的而不是手段。既然如此，他所激賞的價值與體得的意義一概畢集於斯；從另一方面來看，如果想要切實地欣賞藝術品眞正的價值，認清藝術家眞正的成就，首要的條件即在於對上述方面有徹底的了解。」〔註40〕

### （二）感情的移入

李普斯（Theodor Lipps, 1881～1941）在其《情移・內模仿・與身體感受》（Einfühlung innere Nachahmung und Organempfindungen）的論文裡表示：審美的享受（Esthetic enjoyment）乃是一種由觀照對象所引起的快感，此時被我觀照的知覺意象，即形成審美的對象而直接將其自身呈現於我之前。美事物之可感的表象，確實是審美的享受之「對象」，但它確實不是其「根由」（The ground of it），因爲產生審美的享受之原因，乃是自我「內部的活動」（Inner activities）──包含我在自身之內所感覺到的企求、歡樂、意願、活力、憂鬱、失望、沮喪、興奮、驕傲……等等的狀態，這種根由所處的地位乃是處於審美的享受之對象與審美的享受本身之間的。因爲審美的享受並不是對象享受（Enjoyment of an object）而是自我的享受（Enjoyment of a self），它乃是一種在自身之內所經驗到之直接的價值感（An immediate feeling of a value），此時，享樂的自我和那使得自我經驗到享樂的東西，簡直無從區分，因爲在審美的享樂中，二者本是同一回事。

審美的享受不僅有對象，而它的對象同時也即是它的根由。因爲由於自我客觀化其自身而與被感知的形相相合，所以不能說它是本然的自我（The ego as such）；而審美的享受之對象，也可以說是那被感知的形相則是在我自己的內心所經驗到的，所以也同樣不能說它是本然的形相（The figure as such），在這種形相與自我相互交融滲透的狀態中，彼此都失掉了原有之純粹的本性，而審美的享受之對象由是獲得了主客兼備之雙重的性格。亦即就其

〔註39〕參見同前註，附錄三：〈馬蒂斯的畫論〉譯文，頁333。
〔註40〕參見同前註，頁233～234。

為一種對象之享受（The enjoyment of an object）而言，它既為「享受」之對象（The object of enjoyment）所以不同於一般的對象，而為自我；就其為一種自我之享受（The enjoyment of the ego）而言，由於它是於審美之中纔被享受到，所以不是主觀的而屬客觀的。

情移的現象即是於此所建立起來的事實：對象即是自我，而我所經驗到的自我也同樣即是對象，情移的現象即是自我與對象之間的對立狀態，當下消失甚而尚未存在的事實。所以審美的享受之「對象」是指必與自我分立的對象（第一義）有別的，因為它是指可與根由（即自我）相合的對象（第二義）。我們只有憑著「觀賞的自我」（The contemplative self, or myself who is contemplating）──對象的第二義──始能產生審美的情移現象，因為我感覺到的活動，也即是當下的經驗，完全是觀照對象活動之所得，我將我自己投入那活動之中，並感到自己在進行相同的活動，這種「審美的模倣」（The esthetical imtation），因自我的意識進入特殊的狀態而生的「同一性」（identity）──指泯除對象與自我之分的意識內容，也即是意識中的「物我一如」──不僅是審美之情移現象成立底基礎，同時也是了解這種現象的關鍵。總之，必須消除「對象」的第一義始能建立其第二義，亦即消除具有第一義的對象，建立具有第二義的對象，乃是李普斯所倡導之全套情移說的宗旨。〔註41〕

### （三）心理距離

布洛（Edward Bullough, 1880～1934）在其《現代之美學底概念》（The Modern Conception of Aesthetics）裡以為：「現代之『心理學』的美學（Modern "Psychological" Esthetics）底題材，誠如我所說，乃是加諸欣賞者的意識之上的美感印象，這也即是說，現代之『心理學的』美學，乃是一種對於由觀賞（主要是藝術品觀賞）而生之效應的研究。」在其《作為一個藝術中之要素與美學原理的『心理的距離』》（"Psychical Distance" as a Factor in Art and an Aesthetic Principle）中布洛指出：與藝術相關之「距離」，既非空間的距離（The spatial distance），也非時間的距離（The temporal distance），而是「心理的距離」（Psychical Distance）──介於我們自身，和那些作為我們的感動之根源或媒介的對象之間」（The Distance lies between our ownself and such objects as are the sources or vehicles of such affections）。布洛所注重之物我之間的關係，

---

〔註41〕以上參見同前註，頁 192～201。

乃是一種切身而又「帶有距離」（The personal, but, distanced relation）的關係，這種看似「距離底矛盾」（The Antinomy of Distance）的弔詭，又因距離底可變性（The Variability of Distance）——距離之變，不僅因個人之保持距離的能力而異，並且也因對象底特性而異——而容許有程度的差別。距離縱然可變，然而喪失距離，便等於喪失美感，亦即距離底消失點——「距離極限」（Distance-limit）——自也是美感底消失點或美感底變質點了。這種「切身而又帶有『距離』的關係」之實際的涵意，即是應合的程度以不使距離喪失為限，審美的態度的生成，乃是基因於心理的距離，而美感經驗乃是出於適當的心理距離。

藝術品之所以能夠感動我們，究其所以，至少有一部分是因為我們本身具有某種程度之待機而發的性向，唯有在裡應外合的情況下，藝術品纔能夠充分發揮它那動人的力量。如果藝術品與我們內在的性向絲毫不相應，那末我們對它便無從了解，既然無從了解，自是更談不上欣賞了。人們對藝術所表現的品味（Taste），其所以相差得十分懸殊，便是因為在藝術品底性格與欣賞者的性格之間，所產生的應和的關係（切身而又帶有「距離」的關係）不盡一致的緣故。〔註42〕

### （四）藝術批評

劉文潭教授認為：唯有當藝術底創造、欣賞、與批評三方面的活動，在同一目標之下發揮相輔共成的作用之時，藝術始能在一種最完滿的意義之中獲得成就。創造的目的是為了贏得欣賞，而批評的目的是為了幫助欣賞，批評可說是創造與欣賞二者之間的橋樑。藝術批評的著眼點，主要有幾個方面：有的注重藝術品的起源，如創造的過程和藝術家生活的社會背景；有的關心藝術品在欣賞者的心目中所產生的效果；有的則專注藝術品之內在的結構。藝術批評能夠產生許多作用：它能增強我們的美感，使我們能對藝術品之豐富的內涵，作恰如其分的反應；它可以喚起我們的注意力，使我們覺察藝術品之感覺媒介的魔力、形式之奧妙、以及結構之奇特；它能使我們了解象徵的意義，以及整個作品所表現之特殊的情調；它能向我們指點藝術品之「審美的意向」（Aesthetic intention），使我們免於對藝術品作過多無謂的要求；它促進審美的同情與共感，拆除阻礙欣賞的障礙；它解釋藝術的成規，以及藝

---

〔註42〕以上參見同前註，頁 242～254。

術家所處時代之社會的信念；它使藝術品與經驗相關，使我們能作深切的體會；同時，它還能開導感知、啓迪想像，充分發揮教化的作用〔註43〕。總之，正如柏拉德萊教授（Prof. A. C. Bradley）所說：文藝批評能使我們的美感經驗「更加恰切，同時也更加有味。」〔註44〕

## （五）批　評
### 1. 老子在審美態度上以「滌除」、「玄覽」為觀物的方式

　　首先講「滌除」，他要人們在滌去了雜染，回復到原性的純淨清明後，再以直覺直接去把握事物的眞相，此時事物將以完滿的個性和意義呈現於我們的心靈之前。「滌除」是消解耳目心知中夾纏的知識與欲望，使心靈得以虛靜。心靈虛靜用之於對象的觀照，其初步的效能，即是產生專一化、集中化的直覺，而此專一化、集中化的直覺所觀照之對象，乃被孤立起來，也就是此一對象即存在的一切，絕無時空中前後的因果關連，亦即佛家所謂「眞境現前，前後際斷」。如此，則此一對象便脫離了分析比較的分別相，而顯現「在其自己」的自在相了。顯然的，老子是以主體的精神修養（滌除）爲基礎，爲我的心靈把對象孤立起來。

　　其次老子講「玄覽」，「玄覽」並非「以我觀物」而是「以物觀物」。「以我觀物」是從自我出發，對川流不息無際無涯的「非我」以概念、觀念來將之分割，以因果律、直線時間觀來把分割出來的事物擇要串連，界定意義，是從個體出發，定位、定向、定範圍；而「以物觀物」則反是，它從無窮大的視境去看，所以，中國的山水畫都用鳥瞰式，中國的山水詩中很多柳宗元式的句法：「千山鳥飛絕，萬徑人蹤滅」，中國山水畫裡前山後山、前村後村、前灣後灣都同時看見，是觀者不偏執於一個角度，以不斷換位的方式去消解視限、消解距離，而能意會到物物之間的無限延展，物物之間互依互存互顯的契合。這種類似電影鏡頭不斷轉移換位的特殊觀物法，見於橫的手卷如「清明上河圖」、夏圭的「清山溪遠」，或范寬的「谿山行旅」……等等，不勝枚舉，是主體的虛位而還物自然，從而使對像顯示它本身的眞相。

　　老子審美經驗所達至的境界，可說是一種主客合一的狀態，這種境界是由「對象孤立」、「以物觀物」的審美態度逐步開顯出的，因爲主體在消解一

〔註43〕以上參見同前註，頁 269～270。
〔註44〕A. C. Bradley, "Poetry for Poetry's Sake", in *Oxford Lectures on Poetry*, London, 1909, p.2.

切情識造作之後，無任何之紛擾，則此時他眼中心中所直覺之對象，必然孤立化，既無情識造作之心，則所見之對象，無非是它「在其自己」的本性。準此，則就主體而言，乃以自然之道心觀物，就客體而言，乃以自然之性觀物，這主客二面，皆是究極之自然，根本是合而為一甚而兩忘的境界，亦正是我們心靈安息之所。

　　「對象孤立」雖至現代西方美學，才被正式提出為一種系統性的藝術理論。然而，藝術的審美觀照，必然要將對象加以孤立，實則是早已存在藝術實踐活動中的「共法」。劉文潭教授在論介了桑塔耶那、柏格森、克羅齊、具爾、李普斯、渦林格（Wilhelm Worringer, 1881～1965）等現代美學之後，認為他們所見及之藝術特性雖各有不同，但所採取之觀點及發現特性的先決條件卻大體相同——孤立性乃是他們美學理論的共同根基〔註 45〕。此一「對象孤立」不但為西方現代美學之共法。甚至，我們可以發現在老子的藝術精神中也早已觸及——雖未曾形成完整的理論——首先，老子以主體精神修養為「對象孤立」的必然先決基礎。就其作為審美態度和孤立對象（造作藝境）的能力而言，老子與閔斯特堡相同。其次，老子「以物觀物」的觀點是由「對象孤立」進入「主客合一」之境的過渡。就其能使對象顯示它本身的真相而言，老子與閔斯特堡相似。最後，老子審美經驗的極致是一種主客合一，物我兩忘的境界。就其能獲得心靈底安息的審美價值（或功效）而言，老子與閔斯特堡相同，不過，閔斯特堡的「對象孤立說」，只是就對象時空關係的切斷面而立言，所以並未進入主客合一的境界，亦即他們在境界的層次上是有差別的。

### 2.陶淵明在審美態度上以「心遠」為觀物的方式

　　「心遠」是非實用的觀物態度，它是指自我與情感的對象之間的關係而說的，這種關係是一種切身的關係，因為它帶有個人情感的滲入，然而它並不宜與現實的人生距離太近，因為當我們與周圍的事物心距太近時，一旦它們的改變與我們的願望相違，就難免會使我們在情感上受到打擊或傷害。例如，當陶淵明從京都返鄉，而被暴風雨阻於規林的途中時，他所見到的南山，並不能使他產生「悠然」的美感，就是因為當時缺少了一種與現實保持著「心理底距離」的態度地緣故。我們以為淵明底「心遠」的審美態度，是產生「悠然」的審美經驗的一個因素，於此與布洛之說的要義——審美的態度的生成

〔註45〕參見劉文潭，《現代美學》，頁 215。

乃是基因於「心理的距離」──有可以相會通之處。

　　不過，我們以為有意的保持心距對審美經驗並非是充要的，因為對在需要我們主動的努力去保持心距的例子中（如布洛所舉的觀賞海霧的例子），審美經驗有適當的心距是很明顯的。然而，在不需要我們主動的努力去保持心距的例子中（如觀賞一幅中國的山水畫），則未必需要它。淵明揭露了美感經驗的其他秘密，陶詩說「採菊東籬下，悠然見南山」，正當採菊之時，淵明的注意力集中在此整個活動上，心靈因沈醉其中而悠然自得，無意間抬起頭來乍見南山，南山也就跟著悠然了起來。沒錯，「結廬在人境，而無車馬喧，問君何能爾？心遠地自偏」，這種切身而又帶有距離的關係，的確是一種先超脫了實用的態度的審美態度，然而「悠然」的審美經驗產生的先決條件──「心遠」（帶有心距）的審美態度──並不就等於此美感經驗本身，而是要有「採菊東籬下，悠然見南山」──孤立對象（造作藝境）的能力──的主動創造之直覺的配合。

　　布洛自己也說：「人們對藝術所表現的品味，其所以相差得十分懸殊，便是因為在藝術品底性格與欣賞者的性格之間所產生的應和的關係，不盡一致的緣故。」既然如此，就對象而言，審美經驗的產生與藝術品是否具有審美價值相關；就主體而言，審美經驗的產生與欣賞者是否具備藝術的修養、和注意力是否集中與是否集中在正確的地方（例如在看一幅畫時，我們應注意的是顏色的安排，而不是顏料需如何調配才可造成這種顏色）相關。可見，具有心理的距離底審美態度，雖可視為美感經驗的一個重要因素，但它並不就是美感經驗本身。一個為考試而聆聽音樂的學生的基本態度或動機並不是審美的，但只要他是注意及正確地在聽，他也可能獲得審美的享受。

　　雖然，我們並不能把「心理的距離」當作一個美學原理，不過誠如劉文潭教授所說的：「朗格（Konrad Lange, 1855～1921）的遊戲說中所謂的「假想」或「有意的自欺」蘊涵著距離；托爾斯泰雖注重情感底感染，卻不在乎藝境是真抑假，是出於實際的經驗抑是出乎想像中的虛構，也容納了距離；柏格森、克羅齊、卡萊等人所謂的直覺，都明白地含有距離；而佛洛伊德（Sigmund Freud, 1856～1939）所謂藝術家的看家本領便是表現「白日夢」，榮格所謂的「靈見式的藝術創作」定必超乎個人既有的經驗，也莫不在表明距離；強調藝術之媒材底重要性的學者們都著眼於媒材之超乎實用的本性，自是預設了距離；抬舉藝術形式的福萊（Roger Fry, 1886～1934）和貝爾，唯恐藝術不能

發揮使人超離現實的作用，也都認定不能缺少距離；主張不可偏廢感情之抽離作用的渦林格固然認清了距離底重要；即使注重感情之移入作用的李普斯和浮龍李（Vernon Lee, 1856～1935），也並沒有抹煞距離底必要；至於強調美底孤立性的閔斯特堡，其重視距離的程度，和布洛相較起來，幾乎只差沒有和布洛一樣採用相同的名詞了。」〔註46〕

　　他們的學說雖然都沒有明白地在作距離的要求，可是，卻無一不在作距離的肯定，所以「心理距離」的審美態度所給予我們的提示乃在，通過了它確實能使我們的藝術欣賞得以循著正途進入藝境。

### 3. 老、陶臻至主客合一之境的審美經驗，其關鍵在主體心靈的主動創造藝境

　　除了客體對象要具有內存的優越性和完滿性之外，主體心靈的主動創造藝境的能力（如果用閔斯特堡的話來說，也即是孤立對象的能力）更具有關鍵性的地位。這在欣賞自然物時是如此，在欣賞藝術品時更是如此。在前者，當我們靜觀自然而覺其美之時，那是因爲我們以藝術的心靈去觀物，我們的心靈具有造作藝境的能力，所以才能在自然物裡見到美；在後者，欣賞者要具有體驗藝境的重創力（The capacity of re-creation）而成爲藝術品底合作者（Co-author），所以才能在藝術品裡見到美，換句話說，缺乏創造性的心靈，既不能欣賞自然，也不能欣賞藝術。

　　卡西勒（Ernst Cassirer, 1874～1945）在他的《論人》（An Essay on Man）的第九章裡曾經強調說：「藝術家的眼睛並不是被動的眼睛（A passive eye）單只是接受和記錄事物底印象便了事，它乃是構造的眼睛（A constructive eye），並且也唯有藉著構造的活動，我們纔能發現到自然物底美。」〔註47〕的確，淵明就是少數能進一步地把自然轉化成爲藝術品，以藝術品來體現自然（如此產生的美，即是一般所謂的「藝術美」）的詩人，其採菊之句的藝境，曾被王國維評爲「無我之境」的代表，吾人以爲陶詩把無生物之生命化，把無情物之有情化的藝境，深契李普斯所倡導之情移說底精髓，在其詩的藝境中，美的事物都著有淵明自身的色彩或帶有淵明自身的個性，所以其詩的藝境並非純是「無我之境」，而是一種「有我而不知其有我」的「物我合一」的境界。

---

〔註46〕參見同前註，頁 266～267。
〔註47〕參見同前註，頁 214 所引。

「物我合一」或主客合一、物我兩忘的境界，可說是老子藝術精神中藝術境界的極致，外表看來與李普斯意識中的「物我一如」之境很酷似，不過吾人以為二者在層次上有所不同。因為李普斯認為審美享受之「對象」雖在事物之表象，但產生審美享受的原因卻是自我的「內部活動」，這「內部的活動」包含我在自身之內所感覺到的企求、歡樂、意願、活力、憂鬱、失望、沮喪、興奮、驕傲……等，而這種種心理情緒，卻是老子所極欲消解者，故二者之主體心靈狀態完全不同。其次，李普斯主客兼備的第二審美對象，是「對象」與「主體」相互交融滲透，彼此都失去主客原有之純粹本性，他的對象是一實有之外境（並且是視覺具體之形象，因為他的直覺乃依藉感官之知覺，尤其是視覺），他的主體是一充滿各種心理情緒之主體，準此，則將此一對象，通過此一直覺，以與此一主體交融之後，其所產生之主客兼備之第二審美對象，內容本質上當然是一正面的充滿情識造作的「實有」。這樣一個主客兼備的實有，與老子那種一切情識造作完全消解而物我兩忘的「虛有」境界是不同的。

### 4.「有我而不知其有我」是老、陶藝境之真相的審美判準

就藝術家創作底過程而言，主動性和創造性是藝術的命根，此所以英國著名的詩人兼文藝批評家艾略特（T. S. Eliot, 1819～1880）要說文學家的工作乃是：「和語文及意義之艱苦的纏鬥」（"The intolerable wrestle with words and meaning." -- The four Ouartets East Coker Sec.2）〔註48〕了，在語言藝術中的創作是如此，在視覺藝術中的創作亦是如此，「偉大的藝術家，他必須是一方面具有一般人難以企及之生產美感，造作藝境的能力（直覺力），而另一方面又同時具有一般人難以企及之誘發美感，指引藝境的能力（表現力）〔註49〕，而此直覺力和表現力是以主體究極之自由和自然為依歸的。

就藝術品內部的結構而言，它是形式和諧無比（部分與部分之間、部分與全體之間的整體和諧）、內容與形式不可分之有機整體的和諧。就藝術品加諸欣賞者的效果而言，它可產生一種「主客合一」、「物我兩忘」的和諧境界，亦即它可給予我們一種較平緩、親切、輕鬆、隨和、舒坦、閑適、寧靜、愉快等心曠神怡的優美心境。

然而，老、陶藝術精神下的審美判準，誠如老子「道」的性格一樣，它

---

〔註48〕參見同前註，頁 104 所引。
〔註49〕參見同前註，頁 68。

並不是唯一或排他性的指標，相反的，它具有開放性的性格，亦即它允許其他不同的審美判準的參與，因為藝術批評充其量只是手段而不是目的，其究極的目的乃是促成我們的美感經驗，唯有美感經驗纔是根本，亦即藝術批評之價值，全在它能培養並增進我們保持住成為藝術品之合作者的身份與地位。艾略特說得好：「我最感激的批評家，乃是那使我看到我以前從未看到過的東西的人，那東西即使被我看到，也是用被偏見所蔽的眼睛看到的。他使我和藝術品面對著面，並留我單獨地和它在一起。從那開始，為了獲得智慧，我必須信賴我自己的感性、理解、與能力。」〔註50〕

---

〔註50〕譯文引自同前註，頁 292，原註是 T. S. Eliot, "The Frontiers of Criticism," in *On Poetry and Poets*, New York, 1957, p.117。

# 第五章　結　論

## 第一節　澹然與悠然的藝術精神之特質

　　綜合前幾章的論述，我們可以將老、陶澹然與悠然的藝術精神，歸納出以下幾個摘要的特質：

### 一、美·美感經驗

　　（一）老、陶以爲美感與其它感官快感不同，美感是在知覺過程中，直接獲得之愉悅感或滿足感。

　　（二）老、陶以爲美不在效用，美與善是有區別的，但善與美常相伴隨。

　　（三）老、陶的美感之產生是建立在主（人之感官、心靈的構造）、客（對象本身具有的性質）兩方面的條件之關係上，是這兩方面的配合而產生的，其中心靈的主動創造性是關鍵所在。

　　（四）老、陶的美感經驗有默契相通之處，它的基礎是建立在人心的共感力之上。

　　（五）老、陶的審美經驗，在整體風格上，凸顯了一種以內外關係的和諧爲基本特徵的審美範疇——優美。

### 二、藝　術

　　（一）老、陶以爲眞誠的情感是藝術創作底重要因素，亦是藝術品的重要內容，同時也是令人激賞的價值之一。

（二）相對於自然而言，老子是一位靜觀自然而覺其美的藝術家；陶淵明則是一位將自然轉化成為藝術品，以藝術品來體現自然美的藝術家。自然（第一自然）是他們欣賞的對象，「自然」（第二自然）則是他們的藝術心靈所主動創造出的美感價值。

（三）老、陶以為一件藝術品就其整體來看，各部分間客觀的現象性質與意義，必須在整體之內構成統一的和諧。藝術品的內容、形式與媒材是不可分地結合在一起。

（四）老、陶藝術創作之特性，其相同之處，合而觀之，是主動、創造性的直覺，分而言之有二：(1)在想像中產生滿足的價值表現；(2)在具體的事物中寄託希望。

（五）老、陶藝術創作之特性，其差異之處，老子是「離合引生」——離：還我童心，合：以物觀物，引生：原創性的體現藝境——的藝術創造。陶淵明是「物我合一」——把與現實人生密切融合的美感經驗原創性的具現在作品中——的藝術創造。

### 三、審美態度・審美判準

（一）老子的審美態度是「滌除玄覽」：主體先洗去各種主觀的雜染，再以原性的純淨清明（純粹的直覺）直接去面對孤立的對象——物物「在其自己」的殊相。

（二）陶淵明的審美態度是「心遠地自偏」：以藝術心靈——抽離了現實人生的非功利、非認知、非道德的心距——去直接照見對象本身的真相。

（三）「有我而不知其有我」是老、陶藝境之真相的審美判準。就藝術家底創作過程而言，主動性和創造性是藝術的命根；就藝術品內部的結構而言，它是內容與形式不可分之有機整體的和諧；就藝術品加諸欣賞者的效果而言，它可產生一種「主客合一」、「物我兩忘」的和諧境界。

## 第二節　澹然與悠然的藝術精神之現代意義

雖然老、陶澹然與悠然的藝術精神各有其特殊的時代機緣與歷史意義，可是，如果我們僅從歷史的回顧裡去認取他們的意義，而遺忘了他們對普遍人性的啟示，或忽略了他們對當前人類文化的召喚，則未免埋沒了他們澹然與悠然的藝術精神之價值，因為，當我們思索如何舒解目前人類文化的苦

難，我們發現老、陶澹然與悠然的藝術精神，在現代人類文化中，具有如下非常特殊的意義。

## 一、就審美態度而言

不論是對經濟掛帥的資本主義社會，還是政治支配一切的社會主義國家，老、陶澹然與悠然的藝術精神是種值得重視的人生態度。這不是說功利、政治的心態不重要，而是當它們過分支配我們的生活與知覺這個世界的方式時，會使我們的生活失去當下即能獲得心靈底滿足與安息的情趣，使工作過程本身的享受降低，而只盼望工作的結果或目的之實現，可以給我們帶來所需要的東西，這將使我們的心靈失落於無止息的物慾追逐。

假使我們凡事都帶上經濟或政治的眼鏡去看，我們對事物的認識就愈來愈具有偏見，所看到的也就愈來愈少。所謂俗人的一個意思就是從來或幾乎不能以審美態度去對待事物的人。當然，這並不是說審美態度可以取代其他態度在人生中的地位，而是提醒我們不要受其他態度的支配，而完全抹煞了審美態度在人生中應有的地位。其實老、陶澹然與悠然的藝術精神反對的不是知識、道德、功利本身，而是因爲受這些束縛而所失去的自由與靈活的心。

## 二、就藝術欣賞而言

老、陶澹然與悠然的藝術精神，在東西文化的交流中有其正面的意義。因爲文化交流不是以一個既定的形態去征服另一個文化的形態，而是在互相尊重的態度下，對雙方本身的形態作尋根的瞭解。準此，通過對老、陶澹然與悠然的藝術精神之認識，將有助於西方人對中國的山水畫、中國的山水詩、宋瓷的素彩、中國古典園林建築的風格……等等的欣賞，而有如同其情的瞭解，和恰如其分的品味，以玉成他們的美感經驗。因爲老、陶澹然與悠然的藝術精神有其獨特的視境和審美範疇，前者是：「以物觀物」→物象本樣呈現→物象本身自足性→物物共存性→齊物性（即否認此物高於彼物）→是故保存了「多重角度」看事物的超越視境，此所以中國的山水畫都用鳥瞰式、中國畫幅中很多長的手卷、書畫中的留白，中國的山水詩中很多柳宗元式的句法：「千山鳥飛絕，萬徑人蹤滅」。後者是：優美——以內外關係的和諧爲基本特徵的審美範疇——老、陶的平淡影響了宋瓷的素彩、繪畫的白描、和田園詩派的風格，此淡雅正是優美的審美對象，所具有的形式特徵之一；中國古典園林的建築，追求人與自然和諧統一的情趣、和再現大自然的美等審美

的特徵，都可在老、陶澹然與悠然的藝術精神裡尋得美學的根源。

## 三、就藝術創作而言

　　從文化人類學的觀點來看：「藝術」應為土地與人民在特定時空背景下所呈現出來的文化表徵。然而，當我們檢視台灣近四十多年來的現代美術運動，前輩畫家們以追隨西方現代繪畫流派，或以中國古人遺風為學習的主導，以致造成藝術創作與本土文化脫節的迷亂現象。為何「巴黎秋天的浪漫」老是出現在台灣老油畫家的畫框裡？為何「紐約當代的新潮」始終是台灣年輕畫家追逐的影像？又為何「唐宋水墨的情懷」仍然是台灣當代水墨畫家模仿複製的意念？台灣這塊土地，逐漸找不到自己的文化形象！也逐漸聽不到自己心靈的呼聲，沒有畫和沒有音樂藝術的土地，那將和失去文化的國度一樣的悲哀！

　　於此，老、陶所強調的主動、創造性的藝術精神，和注重環境與生活體驗的省思，以及對真誠自我的心靈探索的創作意識，正揭示我們：藝術家原創性的創作和藝術回歸本土的發展的重要。同時，對近百年來（1880～1990）所風行的，具有批判現代文明的時代意義的樸素藝術（Naive Art）運動——以純真原始的心靈來描繪世界，其作品具有原創性、不受傳統文化約束的藝術——我們可在老、陶澹然與悠然的藝術精神裡，尋得他們這種源於人類心靈企求回歸單純素樸的藝術創作之美學根源。換句話說，我們可經由老、陶澹然與悠然的藝術精神去會通素樸藝術的創作，從而領略其美感。

## 四、就美育和人與自然的關係而言

　　在前者：工業化的文明，為人類的身體帶來了享受，卻為人類的精神帶來了桎梏，思想上的積習使得心靈落於空虛；孜孜於功利的生活方式，使我們過份講求實際，把一切事物都視同達成現實目的底手段；概念性的教育，只教我們看那些與事物相關的效果，卻不教我們看事物的本身，將我們引離了感受興趣的對象；而國內在沉重的升學主義壓力下的美育，亦未受到學校應有的重視，而只是敷衍了事，聊備一格罷了。凡此種種，使我們逐漸地喪失了富於創造性的想像力，使得生活中因缺少了美感經驗的滋潤，而益增心靈的苦悶與空乏。於此，老、陶澹然與悠然的藝術精神中，強調在想像中產生滿足的藝術創造，和使心靈可以主動創造美感或藝境的直覺能力之培養的美育，其呼籲不僅切中時弊，這種藝術精神的審美價值，更應大力提倡。

在後者：科技無限開發的膨脹與獨大。經濟掛帥唯利是用的建設，使得原本富於生機情趣，有聲有色的自然世界，往而不返的逐漸失去人與自然之間交感滋潤的關係，和作為審美觀照對象的原貌，所以，人與自然的關係，在今天不僅是環保的問題，也是美育的問題，因為大自然不但提供我們休遊藏息之所，它還提供我們審美觀照的對象。就藝術活動而言，藝術的媒材取自自然，藝術的形式和內容，或模仿自然，或從自然興發靈感與表現的意義；就美感經驗而言，原本有聲有色的山水田園，人們對它所生的美感，可能會因破壞（失色）而減低，可能會因污染而變質，甚或失卻美感經驗的愉悅和滿足，這對人類而言將是一大損失。於此，老、陶所強調的人與自然之間關係的和諧的藝術精神，於今，不但可在深層生態學的理論中得到印證，重要的是：它可使我們在具體的審美經驗中，在主客渾融的和諧關係下，得到優美的審美享受，這對舒解我們單調、苦悶的情緒，從而獲得精神上的慰藉與心靈上的充實而言，實有其正面的現代意義。

## 第三節　本文之回顧與展望

在扼要的歸結了老、陶澹然與悠然的藝術精神之特質，以及闡明老、陶澹然與悠然的藝術精神之現代意義後，我們將簡略地回顧本文研究之視點和未來研究的可能方向。

本文之撰述主要是探索詮釋老子與陶淵明澹然與悠然的藝術精神，這是嘗試在中國哲學、文藝的生命精神裡，去探索藝術心靈深邃的一面，並參酌西洋美學的慧見，作中西美學的會通，來從事中國美學的研究開發的一個開始，其目的是希望能幫助我們更能把握澹然與悠然藝術之創造的特性，從而產生如同其情的瞭解，以增進美感的經驗而豐富我們的人生。吾人檢視這種研究視點有以下三點特色：

（一）美學之研究必須以哲學為基礎，如此才能窺見各家理論的奧妙與限制。

（二）中國古代的美學思想大都沒有形成明顯完整的理論，然而卻有豐富的藝術活動與成果，我們若能透過「創造性的詮釋」方法，先理出相應於各家的思想生命精神，再以此為基礎去詮釋開發他們所根源的藝術精神，如此將有助於我們對中國的審美和藝術活動與成果的瞭解，而增進我們的美感經驗。

（三）西洋美學的發展，早已派別林立，蔚爲大觀，而各派美學詮釋藝術的著眼點，不外乎藝術家底創造活動、藝術品、和藝術的欣賞與批評等三個主要的方面，如果我們能據此審美三合一的視點，去參酌西洋美學的慧見，作中西美學的會通，將有助於中國美學的研究開發，從而間接地促進了東西文化的交流。

本文之研究至此暫可告一個段落，由於學力的限制，疏漏之處在所難免，將敬待方家學者之教正。一個結束可說是另一個起點的開始，本文未來研究發展之方向如下：

（一）康德美學與老子美學的會通（例如：研究康德的道德哲學，不但對進一步瞭解儒家很有幫助，研究康德的美學，對更進一層瞭解老子美學也很有幫助，因爲就「眞」與「善」因「美」而統一而言，兩人可說殊途同歸，均從美學統一了「自由」與「必然」；此中深刻相通之精義發人深省，值得更進一步的探究）。

（二）老子與柏拉圖美學思想之比較研究（例如：從最高的價值統會來看，柏氏所強調的「眞善美」並以之批判現實界的文藝而言，正類似老子所強調的「道」）。

（三）孔、老美學之比較研究（例如：就風格而言，孔子比較注重陽剛之美，老子則展現爲陰柔之美，然而兩人都不走極端，同樣肯定中庸和諧之美）。

（四）從「和諧」比較老子與畢達哥拉斯學派之美學思想。

（五）老莊與閔斯特堡、李普斯、布洛的審美態度之比較研究。

（六）石濤「一畫」與老莊美學的關係。

（七）道家與禪宗美感經驗的「意境」之比較研究。

但是，無論如何，目前只好掛一漏萬了，哲學之路是文化生命之路，沒有止泊歇息處，吾人將全力以赴。

# 參考書目

## 一、哲學類

### （一）中國哲學

1. 方東美，《生生之德》，台北：黎明出版社。
2. 牟宗三，《中國哲學的特質》，台北：學生書局。
3. 牟宗三，《中國哲學十九講》，台北：學生書局。
4. 牟宗三，《才性與玄理》，台北：學生書局。
5. 牟宗三，《心體與性體》，台北：學生書局。
6. 牟宗三，《智的直覺與中國哲學》，台北：學生書局。
7. 牟宗三，《現象與物自身》，台北：學生書局。
8. 胡適，《中國古代哲學史》，台北：商務印書館。
9. 唐君毅，《中國哲學原論》，台北：學生書局。
10. 唐君毅，《中國文化之精神價值》，台北：正中書局。
11. 徐復觀，《中國人性論史》，台北：商務印書館。
12. 勞思光，《中國哲學史》，台北：友聯出版社。
13. 馮友蘭，《中國哲學史》，台北：泰順出版社。
14. Thomé H. Fang, *The Chinese View of Life*, Hong Kong: Union, 1957.
15. Thomé H. Fang, *Chinese Philosophy: Its Spirit and Its Development*, Taipei: Linking, 1981.

### （二）西洋哲學

1. 孫振青，《康德的批判哲學》，台北：黎明出版社。
2. 傅偉勳，《西洋哲學史》，台北：三民書局。

3. 黑格爾著，賀自昭、王玖興譯，《精神現象學》，台北：里仁書局。

4. Frank Thilly 著，陳正謨譯，《西洋哲學史》，台北：商務印書館。

5. Mortimer J. Adler 著，蔡坤鴻譯，《六大觀念》，台北：聯經出版社。

6. Aristole, *Metaphysics*, trans. by W. D. Ross, contained in *The Basic Work of Aristole*，台北：馬陵出版社，1970 年。

7. Cassirer, Ernst, *An Essay on Man*, Yale, 1975.

8. Descartes, Rene, "Meditations," contained in *The Rationalist*, New York: Doubleday & Company, 1960.

9. Heidegger, M., *Kant and the Problem of Metaphysics*, trans. by James S. Churchill, Bloomington: Indian, 1962.

10. Heidegger, M., *Being and Time*, New York: Harper & Row, 1962.

11. Heidegger, M., *Identity and Difference*, New York: Harper & Row, 1969.

12. Heidegger, M., *On the Way to Language*, New York: Harper & Row, 1982.

13. Stace, W. T., *A History of Greek Philosophy*.

14. Sorokin, *Modern Historical and Soical Philosophy*，台北：虹橋出版社，1972 年。

15. Steenberghen, Van, *Ontology*, Belgium: Louvain, 1963.

16. Walsh, W. H., *Metaphysics*, London: Hutchinson, 1970.

## （三）中西學術論著

1. 成中英，〈中國語言和中國哲學的密切關係〉，《清華學報》第十卷第一期。

2. 李杜，《中西哲學思想中的天道與上帝》，台北：聯經出版社。

3. 唐君毅，《哲學概論》，台北：學生書局。

4. 高懷民，《中國先秦與希臘哲學之比較》，台北：中央文物。

5. 劉福增，《語言哲學》，台北：東大圖書公司。

6. Charles Wei-Hsun Fu, "Creative Hermeneutics," *Journal of Chinese Philosophy* 3, 1976.

# 二、美學類

## （一）中國美學

1. 《中國美學史資料彙編》，台北：明文書局。

2. 李澤厚，《美的歷程》，台北：元山出版社。

3. 李澤厚、劉綱紀主編，《中國美學史》，台北：谷風出版社。

4. 宗白華，《美學的散步》（I），台北：洪範出版社。

5. 徐復觀，《中國藝術精神》，台北：學生書局。

6. 孫旗，〈中國藝術哲學概觀〉，《出版與研究》第二十二期。

7. 馮滬祥，《中國古代美學思想》，台北：學生書局。

8. 葉朗，《中國美學史大綱》，台北：金楓出版社。

9. 劉去徐，〈中國藝術精神〉，《油花》第二十二期。

## （二）西洋美學

1. 朱光潛，《西方美學史》，台北：漢京出版社。

2. 朱光潛編譯，《西方美學家論美與美感》，台北：丹青出版社。

3. 《西洋美學史資料選輯》，台北：仰哲出版社。

4. 托爾斯泰撰，耿濟之譯，《藝術與人生》（藝術論），台北：遠流出版社。

5. 克羅齊撰，朱光潛譯，《美學原理》，台北：正中書局。

6. 亞德烈撰，周浩中譯，《藝術哲學》，台北：水牛出版社。

7. 叔本華撰，劉大悲譯，《意志與表象的世界》，台北：志文出版社。

8. 柏拉圖撰，侯健譯，《理想國》，台北：聯經出版社。

9. 柏拉圖撰，朱光潛譯，《柏拉圖文藝對話集》，台北：蒲公英出版社。

10. 姚一葦箋註，《亞理斯多德詩學箋註》，台北：正中書局。

11. 桑塔耶那撰，杜若洲譯，《美感》，台北：晨鐘出版社。

12. 黑格爾撰，朱光潛譯，《美學》，台北：里仁書局。

13. 達達基茲撰，劉文潭譯，《西洋古代美學》，台北：聯經出版社。

14. 達達基茲撰，劉文潭譯，《西洋六大美學理念史》，台北：聯經出版社。

15. 劉文潭，《西洋美學與藝術批評》，台北：環宇出版社。

16. 劉文潭，《現代美學》，台北：商務印書館。

17. 劉昌元，《西方美學導論》，台北：聯經出版社。

18. 戴納、李普斯撰，陳永麟譯，《美學概論與藝術哲學》，台北：正文出版社。

19. Sir Herbert Read 撰，孫旗譯，《現代藝術思潮導論》，中國美術。

20. Beardsley, M. C., *Aesthetics*, New York: Harcourt, Brace & World, 1958.

21. Beardsley, M. C., "Aesthetic Experience Regained," *Journal of Aesthetics and Art Criticism*, 28, 1969.

22. Beardsley, M. C., *Aesthetics from Classic Greece to the Present*, New York: Macmillan, 1966; Alabama: U.of Alabama Press, 1977.

23. Bosanquet, Bernard, *A History of Aesthetics*, London: Sonnenschein, 1892; New York: Meridian, 1957.

24. Bradley, A. C., "Poetry for Poetry's Sak," *Oxford Lectures on Poetry*, Lon-

don, 1909.

25. Collingwood, R. G., *The Principles of Art*, Oxford U. Press, 1938.

26. Croce, Benedetto, *Aesthetic as Science of Expression and General Linguistic*, Second Edition, London, 1922.

27. Dessoir, Max, *Aesthetics and Theory of Art*, Detroit: Wayne U.Press, 1970.

28. Dewey, John, *Art as Experience*, New York: Capricorn Book, 1934.

29. Dewey, John, *Experience and Nature*, New York: Dover Publications, 1958.

30. Dickie, George, *Aesthetics*, Indianapolis, Ind: Bobbs-Merrill, 1970.

31. Duffrenne, Mikel, *The Phenomenology of Aesthetic Experience*, Northwestern U. Press, 1973.

32. Eliot, T. S., "The Frontiers of Criticism," *Sewanee Review*, Vol. 64, 1956.

33. Eliot, T. S., "The Music of Poetry," *On Poetry and Poets*, New York, 1957.

34. Hospers, John, *Understanding the Arts*, Prentice-Hall, 1982.

35. Kant, *Critique of Judgement*, trans. J. H. Bernard, New York: Hafner Publishing Co., 1972.

36. Osborne, Harold, ed., *Aesthetics*, London: Oxford U. Press, 1972.

37. Philipson, Morris, ed., *Aesthetics Today*, New York: New American Library, 1980.

38. Rader, Melvin, *A Modern Book of Aesthetics*, New York: 1973.

39. Stolnitz, Jerome, *Aesthetics and the Philosophy of Art Criticism*, Boston: Houghton Mifflin, 1960.

## （三）中西學術論著

1. 丁履譔，《美學新探》，台北：成文出版社。

2. 王夢鷗，《文藝美學》，台北：遠行出版社。

3. 田曼詩，《美學》，台北：三民書局。

4. 石守謙等，《美感與造形》（中華文化新論——藝術篇），台北：聯經出版社。

5. 朱光潛，《文藝心理學》，台北：開明書局。

6. 朱光潛，《談美》，台北：開明書局。

7. 李安宅，《美學》，台北：正文出版社。

8. 胡秋原，《文學藝術論集》，台北：學術出版社。

9. 胡秋原，〈美與藝術之原理與藝術批評〉，《中華雜誌》。

10. 姚一葦，《藝術的奧秘》，台北：開明書局。

11. 《美感・教育》，台北市立美術館。

12. 《美育》（雙月刊），國立台灣藝術教育館。

13. 馬凱照，《内界審美對象與外界審美對象之分界》。

14. 馬凱照，〈審美對象與一般對象〉，《鵝湖》第五十三期。

15. 梁宗之，〈中國審美思想窺探〉，《筆匯》第一卷第一期。

16. 張肇祺，〈美的概念之剖析〉，《哲學論集》，民國 65 年 7 月。

17. 戚廷貴，《藝術美與欣賞》，台北：丹青出版社。

18. 程兆熊，《美學與美化》，台北：明文書局。

19. 虞君質，《藝術概論》，台北：復興出版社。

20. 楊端敏，《藝術原理》，台北：遠東出版社。

21. 趙天儀，《美學與語言》，台北：三民書局。

22. 趙雅博，《文藝哲學新論》，台北：商務印書館。

23. 葉維廉，《飲之太和》（論文集），台北：時報文化。

24. 葉維廉，《歷史、傳釋與美學》，台北：東大圖書公司。

25. 劉文潭，《藝術品味》，台北：商務印書館。

26. 劉文潭，《新談藝錄》，台北：中華書局。

27. 《鵝湖雜誌》第五卷第六期。

28. Barnes, A. C., *The Art in Painting*, N. Y.: Harcourt, 1937.

29. Corrigan, R. W., ed., *Comedy*, San Francisco: Chandler, 1965.

30. Hanslick, Eduard, *The Beautiful in Music*, N.Y.: Liberal Arts Press, 1957.

31. Ingarden, R., *The Literary Work of Art*, Evanston: Northwestern U.P., 1973.

32. Kaufmann, Walter, *Tragedy and Philosophy*, N. Y.: Anchor, 1969.

33. Mast, G. and Cohen, M., eds., *Film Theory and Criticism*, London: Oxford U.P., 1974.

34. Meyer, L. B., *Emotion and Meaning in Music*, Chicago: U. of Chicago Press, 1956.

35. Scruton, Roger, *The Aesthetics of Architexture*, London: Methuen & Co., 1979.

36. Wellek, R. and Austin, W., *Theory of Literature*, N. Y.: Harcourt, 1956.

## 三、老子部份

1. 王弼，《老子指略》，台北：華正書局。

2. 王弼注，樓宇烈校釋，《老子注》，台北：華正書局。

3. 河上公注，《老子道德經注》，台北：藝文出版社。

4. 蘇轍，《老子解》，台北：藝文出版社。

5. 魏源，《老子本義》，台北：漢京出版社。

6. 王邦雄，《老子的哲學》，台北：東大圖書公司。

7. 王淮，《老子探義》，台北：商務印書館。

8. 任繼愈，《老子新譯》（修訂本），台北：谷風出版社。

9. 吳澄，《道德眞經注》，台北：廣文書局。

10. 林語堂，《老子的智慧》，台北：德華出版社。

11. 《帛書老子》，台北：河洛出版社。

12. 袁保新，《老子形上思想之詮釋與重建》，台北：文化哲研。

13. 張揚明，《老子斠證譯釋》，台北：維新出版社。

14. 陳鼓應，《老子今註今譯及評介》，台北：商務印書館。

15. 蔣錫昌，《老子校詁》，台北：東昇出版社。

16. 嚴靈峰，《老子達解》，台北：華正書局。

17. Chung-Hwan Chen, "What Does Lao-Tzu Mean by the Term 'Tao,' "，《清華學報》，民國 53 年 2 月。

## 四、陶淵明部份

1. 元・李公煥，施元之箋注，《陶淵明詩》（附蘇東坡詩），台北：中庸出版社。

2. 清・方宗誠，《陶詩眞詮》，台北：藝文出版社。

3. 清・古直，《陶靖節詩箋附年譜》，台北：廣文書局。

4. 清・陶澍，《陶靖節集注》，香港：太平出版社。

5. 方祖燊，《陶潛詩箋註校證論評》（修訂本），台北：台灣書店。

6. 王叔岷，《陶淵明詩箋證稿》，台北：藝文出版社。

7. 李辰冬，《陶淵明評論》，台北：東大圖書公司。

8. 李辰冬，〈陶淵明作品繫年〉，《大陸雜誌語文叢書》第一輯第一冊。

9. 李辰冬，〈陶淵明作品繫年〉，《大陸雜誌語文叢書》第三輯第五冊。

10. 孫守儂，《陶潛論》，台北：正中書局。

11. 梁啓超，《陶淵明》，台北：商務印書館。

12. 黃仲崙，《陶淵明評傳》，台北：帕米爾出版社。

13. 楊勇，《陶淵明集校箋》，香港：吳興出版社。

14. 楊勇，《陶淵明年譜彙訂》，香港：新亞書院。

15. 郭銀田，《田園詩人陶潛》，台北：三人行出版社。

16. 蕭望卿，《陶淵明批評》，台北：開明書局。

17. *T'ao the Hermit, Sixty Poems by T'ao Chien*, trans., introduced, and annorrated by William Acker, Thames and Hudson, London New York, 1952.

18. *The Poetry of T'ao Chien*, trans. with Commentary and Annotation by James

Robert Hightower, Oxford: Clarendon Press, 1970.

## 五、其　他

1. 漢・司馬遷,《史記》,台北:鼎文書局。

2. 東漢・許慎撰,清・段玉裁注,《說文解字注》,台北:漢京出版社。

3. 劉勰撰,范文瀾注,《文心雕龍注》,台北:開明書局。

4. 鍾嶸撰,汪中注,《詩品注》,台北:正中書局。

5. 房玄齡,《晉書》(樂志、藝術傳),台北:藝文出版社。

6. 張彥遠,《法書要錄》,台北:藝文出版社。

7. 郭熙,《林泉高致集》,台北:華正書局。

8. 宋・朱熹,《四書集註》,台北:藝文出版社。

9. 宋・魏慶之,《詩人玉屑》,台北:佩文出版社。

10. 董其昌,《畫禪室隨筆》,台北:廣文書局。

11. 郭若虛,《圖畫見聞志》,台北:廣文書局。

12. 石濤,《石濤畫譜》,台北:學生書局。

13. 唐岱,《繪事發微》,台北:華正書局。

14. 鄒一桂,《小山畫譜》,台北:華正書局。

15. 黃賓虹,《中國書畫論集》,台北:華正書局。

16. 傅抱石,《中國繪畫理論》,台北:華正書局。

17. 清・沈德潛,《說詩晬語》,四部備要本。

18. 清・劉熙載,《藝概》,台北:廣文書局。

19. 王國維,《人間詞話》,台北:開明書局。

20. 郭慶藩,《莊子集釋》,台北:華正書局。

21. 王邦雄,〈禪宗理趣與道家意境〉,《鵝湖》第一〇九期。

22. 王煜,《老莊思想論集》,台北:聯經出版社。

23. 王熙元,〈田園詩派的形成與陶淵明詩的風格〉,《幼獅學誌》第十四卷第二期。

24. 方東美,〈從比較哲學上曠觀中國文化裡的人與自然〉,《中華文化復興月刊》第六卷第十二期。

25. 中華民國老莊學會,《第一次世界道學會議第四屆國際易學大會會後論文集》。

26. 牟宗三,〈道家的「無」底智慧與境界形態的形上學〉,《鵝湖》第一卷第四期。

27. 吳宏一主編,《中國古典文學論文精選叢刊》(詩歌類),台北:幼獅文化。

28. 何志韶編，《人間詞話研究彙編》，台北：巨浪出版社。

29. 沈振奇，《陶謝詩之比較》，台北：學生書局。

30. 俞劍華，《中國繪畫史》，台北：華正書局。

31. 邢光祖，〈老莊的藝術天地〉，《出版與研究》第五十五期。

32. 曾昭旭，〈論文學之虛〉，《鵝湖》第九十八期。

33. 曾昭旭，〈論文學的真與假〉，《鵝湖》第一一二期。

34. 黃永武，《中國詩學》，台北：巨流出版社。

35. 湯用彤，《漢魏兩晉南北朝佛教史》，香港：中華書局。

36. 楊蔭，《中國音樂史》，台北：學藝出版社。

37. 葉嘉瑩，《王國維及其文學批評》，台北：源流出版社。

38. 葉嘉瑩，《迦陵談詩》（一、二），台北：三華書局。

39. 葉嘉瑩，〈對人間詞話「境界」一辭之義界的探討〉，《幼獅文藝》第三十九卷第三期。

40. 葉維廉，〈中西山水美感意識的形成〉，《中外文學》第三卷七、八期。

41. 逯欽立，〈形影神詩與東晉之佛道思想〉，《中研院史語所集刊》第十六輯。

42. 劉大杰等，《中國文學批評史》，台北：典文出版社。

43. 陳榮捷，〈戰國道家〉，《中研院史語所集刊》第四十四輯。

44. 錢鍾書，《談藝錄》，香港：龍門書局。

45. 錢穆，《莊老通辨》（論文集），台北：三民書局。

46. 顏崑陽，《莊子藝術精神析論》，台北：華正書局。

47. 鄭昶，《中國美術史》，台北：中華書局。

48. 鄭昶，《中國畫學全史》，台北：中華書局。

49. 蔣經國，《勝利之路》，台北：幼獅文化。

50. 嚴靈峰，《老莊研究》，台北：中華書局。

51. 日・富士正晴撰，張良澤譯，《中國的隱者》，高雄：文皇出版社。

52. *An Anthology of Chinese Verse: Han Wei Chin and the Northern and Southern Dynasties*, trans. and annotated by J. D. Frodsham, Oxford, 1967.

53. Chang Chung -- Yuan, *Creativity and Taoism*, New York: Harper & Row, 1963.

54. *The Origin of Chinese Nature Poetry*, by J. D. Frodsham, from Asia Major VIII, Lund Humphries Publisher' Ltd., 1960.